Werner Fletcher
Zaungast ermittelt in der Pattstraße

AF289089

Zaungast ermittelt in der Pattstraße

Ein Kriminalroman
ganz eigener Art
oder:

Ein eigenartiger
Kriminalroman

Orginalausgabe
ISBN 978-3-8370-6680-7
Copyright 2008 Werner Fletcher
Titelbild Lene Stöwer
Herstellung und Verlag:
Books on Demand GmbH,
22848 Norderstedt

Werner Fletcher

Werner Fletcher, jener beneidenswerte Autor, der durch einen glücklichen Zufall auf die Kommissar Zaungast-Chroniken gestoßen ist und diese in Auszügen literarisch verarbeitet hat und hoffentlich noch weiter verarbeiten wird, lebt nun seit mehr als 50 Jahren in der Verbannung. Das heißt: In der Verbannung jenseits der Delbrücke, mit welcher Verbannung Kommissar Zaungast denjenigen Bewohnern der Pattstraße droht, die ihm nicht oder nur wenig genehm sind. Ist die Verbannung jenseits der Delbrücke also schlimmer als die Verbannung in der Pattstraße? Nun, fragen Sie den Autor doch selber, gleichzeitig können Sie ihn für Lesungen buchen oder als Musiker für Ihre Party engagieren, sei es solo am Klavier oder gemeinsam mit der Desperate Blues Band.

Kontakt:

Werner Fletcher
Eberhardstraße 15
33129 Delbrück
Tel.: 05250/53391
Email: BKers89876@aol.com

Inhalt

Erstes Kapital

Die paramilitärische Baustelle

Nur ganz selten einmal setzte ein des Ortes Unkundiger seinen Fuß in die Pattstraße. Dies galt insbesondere für jene unselige Zeit, da die paramilitärische Baustelle den Zugang zur Pattstraße versperrte, denn die Pattstraße war – wie es der Name schon erahnen läßt – eine Sackgasse, an deren Ende eine aus großen Steinquadern errichtete Mauer hoch in den Stadthimmel aufragte, so hoch, daß niemand erkennen konnte, was sich jenseits dieses gewaltigen Bauwerkes wohl befinden mochte, nicht einmal von den höchstgelegenen Dachluken aus konnte man das dahinter liegende Grundstück einsehen. Niemand schien also zu wissen, was oder wen die hohe Mauer eigentlich verbergen sollte, und falls es doch jemand wußte, so behielt er sein Wissen wohlweislich für sich. Es kursierten auch keinerlei die Mauer betreffende Gerüchte unter den Anwohnern der Pattstraße, aber unter all den anderen Bürgern der großen Zentralstadt ging immer wieder das Gerücht um, daß der berühmt-berüchtigte Kommissar Zaungast dort seinen Wohnsitz habe, wenn nicht hinter der Mauer, so aber doch jedenfalls in der Pattstraße. Die Bewohner der Pattstraße jedoch schienen gegen jedwede Art von Neugier gefeit, sie gaben sich keinerlei Spekulationen hin, kümmerten sich weder um ihre Nachbarn noch um das, was ansonsten in der ausgedehnten Zentralstadt so alles passierte und gingen ihren Trott wie die duldsamen Kaltblüter vor einer Brauereikutsche. Die Pattstraße war in der Tat eine Enklave der Ruhe und Gleichgültigkeit inmitten des hektischen Großstadtgetriebes.

Dies änderte sich jedoch zunehmend, als die paramilitärische Baustelle eingangs der Pattstraße eingerichtet wurde und endlich neuen Gesprächsstoff und Leben ins Alltagseinerlei der Pattfüße brachte, wie die Anwohner dieser Straße despektierlich von den Mitbürgern in der näheren und weiteren Umgebung genannt wurden. Kein Mensch schien genau zu wissen, zu welchem Behufe die paramilitärische Baustelle überhaupt installiert worden war, niemand konnte oder wollte Auskunft geben. Die Obrigkeit verwies Beschwerdeführer und Fragesteller von einer Behörde an die andere, aber niemand zeigte sich zuständig. Des weiteren schien auch niemand den Namen der Baufirma zu kennen, die mit den Arbeiten beauftragt worden war. Am Bauwagen war keinerlei Firmenschild angebracht und die auf der Baustelle beschäftigten Arbeiter zeigten sich schweigsam, mürrisch und nicht selten auch feindselig gegenüber den Anwohnern der Straße.

Es waren ohnehin finstere Gesellen, diese Bauarbeiter; mit Gesichtern, die Herrn Darwin in seiner These von der Abstammung des Menschen zweifellos noch einmal bestärkt hätten, muskelbepackte Riesen mit Hofhundmanieren, die jeden Vorwitzigen, der es wagte, sich der Baustelle unbefugt zu nähern, sogleich verbellten, notfalls auch verbissen. Und manchmal schwelgten sie förmlich in einem Vandalentum der übelsten Art, demolierten Autos oder verprügelten Passanten. Zeigten sie sich schon den Pattfüßen gegenüber unfreundlich und häufig auch gewalttätig, so ließen sie Nicht-Anliegern gegenüber erst recht keinerlei Rücksicht walten, mißhandelten selbst Frauen und Kinder auf brutalste Art und Weise, gaben ihnen Sand zu fressen, begruben sie für ein paar Stunden unter Erdhaufen oder schlugen ihnen ihre Schaufeln ins Kreuz. Der Vorarbeiter des Bautrupps, ein Hüne von zwei Metern und zwanzig, der den Brunftschrei des schwarzen Brüllaffen perfekt nachzuahmen wußte, war noch der Verständigste in dieser unzivilisierten Horde. Die zahlreichen Strafanzeigen, die bereits

kurze Zeit nach Installierung der paramilitärischen Baustelle von empörten Bürgern bei der zuständigen Staats-
anwaltschaft eingingen, zeigten keinerlei Wirkung, denn
nicht ein einziger Bauarbeiter war bisher entlassen oder
gar verhaftet worden. Im Gegenteil, ihre Übergriffe wurden immer dreister, die Gewaltakte immer brutaler und
rücksichtsloser. Dies hatte mithin zur Folge, daß die Pattstraße mehr und mehr isoliert und noch weiter vom Leben der Stadt abgeschnitten wurde, als dies ohnehin
schon der Fall war. Die Pattfüße verließen ihre Straße
bald nur noch auf Umwegen über Hinterhöfe und Gärten
und umgekehrt empfingen sie die immer seltener wer-
denden Besucher, die sich dorthin verirrten, ebenfalls nur
noch auf solch heimlichen Schleichwegen. In der Dunkelheit gestaltete sich das oft schwierig, zumal bei Regen-
wetter, wenn der Himmel bedeckt und der Boden aufge-
weicht war. Dann kreuzten sich bisweilen die Lichtzun-
gen der Taschenlampen von Gastgebern und ihren gerade eintreffenden Freunden oder Verwandten, um die
Gärten der Pattstraße mit einem bizarren Lichtspektakel
zu illuminieren. Dies alles schien durchaus angebracht,
weil nämlich die paramilitärische Baustelle auch nachts
strengstens bewacht wurde. Ungehinderter Zugang zur
Pattstraße wurde lediglich dem Postzusteller und dem
Glaser gewährt.

Die Arbeiten an der Baustelle bestanden im wesentli-
chen im Ausheben von tiefen Löchern und Gräben, aber
das eigentlich Merkwürdige daran war, daß dort weder
Rohre noch Kabel verlegt wurden. Auch kam es gelegentlich vor, daß ein Graben oder ein Loch postwendend
wieder zugeschüttet wurde, um nur wenig später an anderer oder sogar an gleicher Stelle wieder ausgehoben
zu werden.

Pünktlich zum Gongschlag einer jeden vollen Stunde
unterbrachen die Bauarbeiter ihre gewohnte Tätigkeit,
um unter dem Kommando ihres Vorarbeiters eine Viertelstunde lang zu exerzieren. Dann folgte ein chaotisches
Ballett von Schaufeln und Picken, die durcheinander wir-

belten, als wären ihre Bewegungen von einem Zufallsgenerator gesteuert.

Die allmorgendliche Ankunft des gelben Postautos wurde vom Schachtmeister stets durch den Brunftschrei des schwarzen Brüllaffen angekündigt. Daraufhin legten seine Arbeiter Schalbretter über die Gräben, um dem Zustellwagen die ungehinderte Fahrt in die Pattstraße zu ermöglichen. Das Postauto fuhr dann zunächst bis vor die große Mauer, wendete dort und bediente auf dem Rückweg die Adressaten von Paketen und Briefen. Dies waren in der Regel nur sehr wenige, wobei der Fahrer auch nur eine kurze Wegstrecke von etwa hundertfünfzig Metern zurückzulegen hatte. Die Pattfüße lebten also in einer Art postalischer oder besser gesagt kommunikativer Diaspora. Der Glaser kam jeweils eine halbe Stunde, nachdem das Postauto die Pattstraße wieder verlassen hatte. Das war meistens so gegen elf Uhr vormittags. Dem Glaser wurde jedoch nicht die zweifelhafte Ehre zuteil, durch irgendwelche Brunftlaute begrüßt zu werden, er wurde mit einem nüchternen „Der Glaser kommt" gemeldet. Auch mußte er im Gegensatz zum Postzusteller einen Bauhelm aufsetzen, bevor er passieren durfte.

Einmal in der Woche besuchte Kommissar Zaungast die Männer von der paramilitärischen Baustelle. Er spendierte ihnen Kautabak, Radieschen und Lagerbier. Dafür durfte er dann nach Herzenslust mit einem Plattenverdichter hantieren, manchmal auch mit dem Preßlufthammer Dampf ablassen oder die Spitzhacke schwingen. Bisweilen entspann sich auch ein kurzer Dialog mit dem Vorarbeiter.

„Wie war das Bier, Herr Schachtmeister?"

„Standard, Herr Kommissar."

„Das freut mich. Verdächtige Personen in dieser Woche?"

„Keine, Herr Kommissar."

„Besondere Vorkommnisse?"

„Keine."

„Was macht die Arbeit?"

„Geht voran."

„Gut so!"

„Ach bitte, Herr Kommissar, eine Frage ..."

„Aber gewiß doch, Herr Polier."

„Wie ist der gegenwärtige Stand Ihrer Ermittlungen, Herr Kommissar?"

„Ich stehe kurz vorm ... äh ... Etappensieg."

„Wollen Sie den Graben heute schon überschreiten, Herr Kommissar?"

„Äh ... nein, heute besser noch nicht."

„Dann schachten wir also weiter aus?"

„Ja, tun Sie das bitte."

Am Ende eines solchen Dialoges überreichte Zaungast dem Vorarbeiter jeweils zwei Linsen.

„Da, nehmen Sie bitte ... es ist für eine gute Suppe", sagte er.

„Danke, Herr Kommissar."

„Keine Ursache, nicht der Rede wert."

„Oh, sagen Sie das nicht, also dann, bis in einer Woche, Herr Kommissar."

„Ja, bis zum nächsten Mal, und seien Sie weiterhin wachsam."

„Gewiß, Herr Kommissar, Sie können sich auf mich und meine Leute verlassen."

Eine Woche nach diesem beispielhaften, instruktiven Gespräch erschwerte ein ergiebiger, lang andauernder Landregen die Arbeiten an der paramilitärischen Baustelle. Es war gerade erst Ende April, der Regen war unangenehm kalt, zudem wehte an jenem Tag noch ein frischer, böiger Wind. Der Bautrupp hatte sich zum Schutz vor Nässe und Kälte in den Bauwagen zurückgezogen, bis auf zwei Wachtposten und den unermüdlich aufmerksamen, stets alerten Schachtmeister. Mehrere Schalbretter waren über den in dieser Woche besonders tiefen und breiten Graben gelegt und stellten die Verbindung zwischen der Pattfuß-Enklave und dem Rest der Welt her. Vor einer Viertelstunde hatte der Postzusteller mit seinem Wagen die Baustelle passiert und war dann wieder Richtung Stadtzentrum entschwunden. In etwa fünfzehn Minuten mußte also der Glaser eintreffen. Er kam drei Minuten später als üblich, der heftige Regen hatte wohl Abstriche an des Glasers Pünktlichkeit vorgenommen, sowie auch einige Abstriche an des Vorarbeiters Laune.

„Der Glaser kommt!"

Die Regenlaune des Vorarbeiters und die chronisch gute Schönwetterlaune des Glasers trafen aufeinander, was zu gelinden atmosphärischen Störungen zwischen beiden Männern führte. Als der Glaser die Seitenscheibe herunterkurbelte, um seinen Helm in Empfang zu nehmen, dabei grinsend die gute Laune seiner ansonsten wenig einnehmenden Visage aufplakatierte, da glaubte auch der Schachtmeister seiner eigenen schlechten Laune das Recht zur freien Entfaltung nicht länger vorenthalten zu dürfen.

„Aussteigen!" kommandierte er, „antreten zur antiparasitären Besandung!" Der Goliath füllte eine seiner großen schwieligen Hände mit nassem Sand, den er dem Glaser auf den Schädel klatschte, nachdem dieser der Aufforderung des Riesen nachgekommen war und seinen Lieferwagen verlassen hatte.

„Das ist gegen das Ungeziefer. Das fehlte mir noch, daß du mir meinen Helm verlaust", sagte der Vorarbeiter und überreichte dem Glaser einen Bauhelm.

Der Glaser machte gute Miene zum bösen Spiel und stülpte sich den Helm auf. Was blieb ihm auch anderes übrig, mit dem Schachtmeister war nicht gut Kirschen essen.

„Wie heißt das?" bellte der Vorarbeiter.

„Danke", sagte der Glaser, stieg in seinen Lieferwagen und tuckerte mit ihm in die Pattstraße hinein.

„Der Kommissar wird ihm schon noch auf die Schliche kommen", murmelte der Schachtmeister leise vor sich hin. Dann ging er zu seinen Arbeitern in den Bauwagen und hieß sie ihre Arbeit wieder aufnehmen.

Ein Auto näherte sich langsam und kam direkt vor der paramilitärischen Baustelle zum Stehen. Der Vorarbeiter erkannte in dem blauen Zweisitzer den Wagen Kommissar Zaungasts.

„Guten Tag, Herr Kommissar", begrüßte er den gern gesehenen Gast.

„Guten Morgen", erwiderte Zaungast den Gruß. Der Kommissar war ausgestiegen und reichte dem Vorarbeiter die Hand. Er war nur unwesentlich kleiner als sein Gegenüber. Die Blicke der beiden Männer trafen aufeinander, in den Augen des Schachtmeisters spiegelte sich Erstaunen, denn Zaungast hatte sich zwei Linsen der Kategorie Gemüse auf die Pupillen gedrückt, was ihm zu einem gespenstischen Aussehen verholfen hatte. Der Schachtmeister tat dem aber keine Erwähnung und sagte lediglich:

„Das trifft sich gut, Herr Kommissar, daß Sie gerade hier sind."

„Wieso?" fragte Zaungast.

„Nun ja, der Glaser ist in der Straße, Sie wissen doch, seine Geschäfte gehen überaus gut."

„Ja", meinte Zaungast, „der Kerl ist überaus geschäftig. Ich werde ihn mal unter die Lupe ... äh ... unter die Linsen nehmen."

„Gehen wir lieber in den Bauwagen, bis er wieder auftaucht", schlug der Schachtmeister vor, „es regnet ja wie aus Kübeln heute."

„Ja", sagte Zaungast, „gehen wir."

„Nein", änderte der Polier plötzlich seine Meinung, „bleiben wir doch, ich sehe gerade, der Glaser kommt soeben zurück."

Es war das erste Mal, daß der Glaser mit Kommissar Zaungast zusammentraf, er hatte zwar schon viel vom Kommissar gehört, war ihm aber noch nie persönlich begegnet. So konnte er auch nicht ahnen, wer sich ihm da breitbeinig in den Weg stellte, um ihn durch ein unmißverständliches Handzeichen zum Halten aufzufordern.

„Guten Tag, Meister", sagte Zaungast durch das her-untergekurbelte Seitenfenster, „sehe er mir in die Augen, Meister!"

Der Glaser blickte in die undurchdringlichen Linsen des Kommissars, ihm war dabei schon etwas mulmig zumu-te, argwöhnte er doch sogleich, sich einem unberechen-baren, möglicherweise auch gefährlichen Psychopathen gegenüber zu sehen.

„Sie kennen mich wohl nicht?" fragte Zaungast.

Der Mann im Auto schüttelte den Kopf.

„Ich bin Kommissar Zaungast, Mann. Sie werden sicher schon von mir gehört haben", erklärte der Kommissar schroff. „Ich habe Ihnen einige Fragen zu stellen. Un-durchsichtigkeit ziemt sich nicht für einen Mann Ihrer Zunft. Ein Glaser sollte mit gutem Beispiel vorangehen und für die Polizei den gläsernen Bürger abgeben. Also, raus mit der Sprache, wie gehen Ihre Geschäfte, Glaser-meister?"

„Oh, ich kann nicht klagen, Herr Kommissar."

„Sie haben Kundschaft in der Pattstraße?"

„Einen Kunden, Herr Kommissar."

„Wie, einen nur?"

„Ja."

„Na ja, Kundschaft immerhin. Demnach sind Sie also ein Kundschafter! Für wen kundschaften Sie in der Patt-straße? Wen oder was kundschaften Sie dort aus?"

„Ich erledige dort lediglich meine Arbeit, Herr Kom-missar", erklärte der Glaser etwas dezidiert.

„Nur ein Kunde, trotzdem sind Sie jeden Tag dort, das ist ... äh ... verdächtig. Ihre Rechnung verschicken Sie anschließend mit der Post, ja?"

Der Glaser nickte.

„Und zwar noch heute, so daß sie morgen schon den Empfänger erreicht?" mutmaßte Zaungast.

Der Glaser bestätigte ihm dies.

„Wie wäre es, wenn Sie Ihrem Kunden ab morgen die Rechnung per Brieftaube überstellten", schlug Kom-missar Zaungast aus einem inneren Impuls heraus vor.

Der Glaser schwieg dazu.

„Nur eine halbe Stunde, nachdem die Post Ihrem Kunden die Rechnung zugestellt hat, kreuzen Sie schon wieder dort auf. Wieso?"

„Weil der Kunde mir einen neuen Auftrag erteilt."

„Von welcher Art sind die Arbeiten, die sie dort ausführen?"

„Ich setze eine neue Glastür ein", behauptete der Glaser.

„Jeden Tag eine neue Glastür?" fragte Zaungast zweifelnd. „Betreibt dieser Mensch, dieser Kunde ein ... äh ... Spiegellabyrinth oder dergleichen?"

„Ich weiß es nicht, nein, ich glaube nicht", antwortete der Glaser.

Zaungasts Linsen schienen sich plötzlich zu verfinstern, den Eindruck wenigstens hatte der Glaser, als der Kommissar ihn mit hypnotischer Eindringlichkeit fixierte. Die Vermutung, es hier mit einem Irrsinnigen zu tun zu haben, verstärkte sich noch einmal. Zu seiner Erleichterung wandte Kommissar Zaungast den Blick aber wieder ab, starrte in den Regen, der seine Kleidung bereits gründlich durchweicht hatte und richtete dann das Wort an den Schachtmeister.

„Diese Mauer entwickelt einen erdrückenden Gigantismus, Herr Polier ... ach nein ... es ist meine Linse, sie ist mir verrutscht. Übrigens, sorgen Sie sich nicht um Ihre Suppe, ich habe selbstverständlich noch zwei extra Linsen in der Tasche."

Durch ein ergebenes Nicken übermittelte der Polier seine tiefe Dankbarkeit an den Kommissar.

„Ach ja", fuhr Zaungast, sich wieder dem Glaser zuwendend, fort und grub vier dicke Wurstfinger nebst einem gewaltigen Daumen in seine rechte Hosentasche, „das mit dem gläsernen Bürger, das schieben wir einstweilen auf die ... äh ... lange Bank, meine Augen mögen Ihnen als Indiz dafür dienen, daß Kommissar Zaungast seinem Wissensdrang vorübergehend Scheuklappen aufgesetzt hat, Herr ... äh ..."

„Ammerkamp", sagte der Glaser.

„Herr Ammerkamp", wiederholte Zaungast, „und als weiteres Indiz ... schauen Sie einfach genau zu, was ich jetzt tue." Der Kommissar hatte zwei große weiße Bohnen aus seiner Tasche gefischt, die er sich nun in die Ohren stopfte. „Ihre Aussagen interessieren mich heute nicht die Bohne", sagte er verächtlich, „aber das könnte sich sehr schnell ändern, schneller als es Ihnen lieb ist", fügte er drohend hinzu. Dann setzte Zaungast seine Muskeln unter Spannung, unter Hochspannung, sein ganzer Körper geriet in einen Tremor, das Gesicht durchlief schnell verschiedene Stadien der Fratzenhaftigkeit, sein Hals schwoll krötengleich an, wie Peitschenschnüre traten die Adern hervor, durch die heiß und heftig das Blut pulsierte. Die Suppenlinsen vor seinen Pupillen setzten zwei skurrile I-Tüpfelchen des Irrwitzes auf Zaungasts bizarre Erscheinung. Als praktische Cyclomancy bezeichnete Zaungast seine kraftraubende Übung, und diese Cyclomancy sollte seinen Blutdruck vorübergehend auf über vierhundert hochtreiben, gleichzeitig seine Körpertemperatur kurzfristig auf circa fünfzig Grad Celsius ansteigen lassen. Zweck dieser ganzen Prozedur war, die Bohnen in seinen Ohren weich zu kochen, und diese Anstrengung währte sieben Minuten lang. Es ist durchaus denkbar, daß ein Stück Zunder in Zaungasts Ohren Feuer gefangen hätte, allein es langte nicht, die Bohnen weich zu kochen, wiewohl der Kommissar das Gegenteil behauptete, nachdem er seine cyclomancyalische Übung beendet hatte. Er klaubte sich die Bohnen aus den Ohren und zerrieb und zerquetschte sie vor den Augen der beiden staunenden Betrachter zwischen seinen dicken Fingern.

„Machen Sie mir das nach", wandte sich Zaungast an den Schachtmeister, „und ich erhöhe die wöchentliche Ration auf drei Linsen. Und Sie ...", richtete Zaungast das Wort an den Glaser, „Sie sind entlassen. Wenn sich unsere Wege das nächste Mal kreuzen, dann serviere ich Ihnen blaue Bohnen und keine weißen. Ab!"

Der Glaser wollte sich aus dem Staub machen.

„Halt!" rief der Vorarbeiter ihn an, „den Helm bitte schön."

Herr Ammerkamp, der nach des Kommissars eindrucksvoller Demonstration wohl jeglichen Glauben an dessen Zurechnungsfähigkeit verloren hatte, reichte den Helm, aus dem der feuchte Sand rieselte, durch das geöffnete Seitenfenster an den Schachtmeister und fuhr endlich mit verklebt zerzausten Haaren davon.

Zaungast streifte mit der flachen Hand die Feuchtigkeit von seiner Jacke ab und ging zu seinem Fahrzeug. Er kam zurück mit einem großen Einkaufskorb voller Bier, Radieschen und Kautabak, den er dem Vorarbeiter überreichte.

„Da, bitte", sagte er, „Ihre wöchentliche Ration, Herr Polier. Ach ... übrigens, wie war die Wirkung des Bieres der letzten Woche? Waren die Rülpser befreiend?"

„Jawohl, Herr Kommissar."

„Prima", meinte Zaungast, „und die Arbeit geht auch gut voran?"

„Wir machen täglich Fortschritte", erklärte der Polier, „ich hoffe, mit Ihren Ermittlungen läuft es ebenso gut."

„Ja, sehr gut, außerordentlich gut", sagte Zaungast.

„Mit welchem Gerät möchten Sie heute Ihren Dampf ablassen, Herr Kommissar, Presslufthammer, Schaufel, Picke oder Plattenverdichter?"

„Danke, Herr Polier, aber ich möchte heute ... äh ... Verzicht üben. Ich habe soeben zwei Bohnen weich gekocht, das sollte einstweilen genügen. Sie finden auch, daß die Hitze meinen Anzug schon einigermaßen getrocknet hat?"

„Gewiß doch, Herr Kommissar, hätten Sie fünf Minuten länger durchgehalten, Ihr Anzug wäre im wahrsten Sinne des Wortes zum ...", der Schachtmeister legte eine vielsagende Pause ein, „... Smoking geworden."

„Ja, ich hätte mich wahrhaftig noch selbst entzünden können", gab sich Zaungast scheinbar überzeugt. Der Kommissar griff noch einmal in seine Hosentasche, holte zwei Linsen daraus hervor und übergab sie dem Schachtmeister mit den Worten: „Bitte, Herr Polier, hamstern Sie fleißig weiter, Sie wissen ja, es ist für eine kräftige Suppe."

„Vielen Dank, Herr Kommissar."

„Bitte, bitte, es ist nicht der Rede wert."

„Sagen Sie, Herr Kommissar, ist es der Glaser?" fragte der Schachtmeister mit einem scheuen Flüstern.

„Nein", sagte Zaungast.

„Aber Sie glauben, daß er hier irgendwo sein Domizil aufgeschlagen hat, der ... äh ... der ...", hakte der Vorarbeiter noch einmal nach.

„Derjenige, dessen Namen niemand freiwillig nennen mag?" meinte Zaungast.

„Ja, genau diesen meine ich", bekräftigte der Vorarbeiter.

Zaungast runzelte sich einen tiefgefurchten Acker auf die Stirn.

„Verzeihung, Herr Kommissar", sagte der Schachtmeister errötend.

Zaungast ließ seine Denkspurrillen ausglätten in biedere, plangebügelte Oberflächlichkeit.

Der Regen hatte etwas nachgelassen und hörte nun plötzlich ganz auf, so als hätte jemand einen Hahn zugedreht. Mit grimmen Grimmassen stiegen die Bauarbeiter aus ihrem Wagen, sie stürzten sich in ihre Arbeit wie hungrige Raubtiere auf eine Beute. Kommissar Zaungast sah es mit Wohlgefallen. Doch wehe dem Störenfried, der es gewagt hätte, nun die Reifen seines Autos, seines Fahrrades oder auch nur seine Schuhsohlen in die Pattstraße zu lenken. Der Zorn der Bauarbeiter wäre über ihn gekommen und hätte sich in Form harscher Gewalttätigkeit über seinem Haupte entladen. Denn gelegentlich kam es schon einmal vor, daß Ortsunkundige sich in die Pattstraße verirrten, das heißt, bis zur paramilitärischen Baustelle, denn weiter kamen sie nicht. Dort hatten sie ihren Zoll zu entrichten, der aus schmerzintensiven Unannehmlichkeiten bestand, die in der Regel wiederum zu den eher fragwürdigen Annehmlichkeiten eines bequemen Krankenhausbettes verbunden mit sanfter schwesterlicher Fürsorge führten. Einige wenige auserwählte Personen waren wohl im Besitz von Sondergenehmigungen, die ihnen Zugang zur Pattstraße verschafften und die sie als große, quadratische Holzbretter vor der Stirn tragen mußten. Zu diesem Personenkreis zählten auch einige Mitglieder des literarischen Stammeltisches von Professor Radebrecher, welche Institution der Chronist die Ehre hat, seinen geneigten Lesern im nächsten Kapitel vorzustellen.

„Ein Hoch auf den Kommissar, Männer, er hat euch Bier mitgebracht!" brüllte der Vorarbeiter und erntete ein unartikuliertes Freudengebrüll.

„Prost, Männer!" krakeelte Zaungast, verneigte sich galant, stieg in seinen Wagen und brauste davon, nachdem er sich vorher die Suppenlinsen aus den Augen gefischt hatte.

Der Vorarbeiter schärfte seiner Truppe noch einmal erhöhte Wachsamkeit ein, man könne ja nie genau wissen, wohin die Reise geht, es sei ja schließlich davon auszugehen, daß der zweite Stummel der kürzere sei, nur noch ein wenig Geduld sollten sie üben, dann könnten sie endlich daran gehen, das geheime Vermutloch zu graben, und überhaupt ermittle ja der Kommissar in einem außerordentlich komplizierten Fall, Vorsicht sei also nach wie vor das erste Gebot der Stunde.

Wie begründet des Vorarbeiters Mahnungen tatsächlich waren, sollte sich nur drei Tage später zeigen. Es war weit nach Mitternacht, der Himmel war bedeckt, weder Mond- noch Sternenlicht beleuchtete die Pattstraße, die wenigen Straßenlaternen, die vor Ort waren, hatten die Männer von der paramilitärischen Baustelle auf Geheiß des Kommissars funktionsuntüchtig gemacht. Man konnte also die Hand kaum vor Augen sehen. Nur im Süden und im Osten, wo das Lichtermeer der Zentralstadt funkelte, da glühte der Horizont in stumpfem Rot, in nördlicher Richtung versperrte die große Mauer jegliche

Sicht und westlich der paramilitärischen Baustelle befand sich größtenteils Ödland, und nur hin und wieder mal eine einsam und verlassen stehende Industriebaracke, die sich inselgleich darauf verlor. Um zehn Minuten nach zwei schaute der diensthabende Wachtposten auf das Leuchtzifferblatt seiner Armbanduhr, in fünfzig Minuten würde er abgelöst werden, aber schon nach fünf Minuten vermeinte er, ein Grunzen aus einem der Gräben zu vernehmen. Intensiv lauschte er in das Dunkel, doch obschon er bis zu seiner Ablösung konzentriert und angespannt horchte, drangen weder weitere Grunz- noch andere ungewöhnliche Laute an sein Ohr. Und auch der Wachablösung fiel in dieser Nacht nichts Besonderes mehr auf. Als dann der Morgen graute und der Nebel aus den Gräben stieg, da hatte sich eine tolldreiste Überraschung in die feuchten Schwaden eingewoben. Die Bauarbeiter trauten ihren Augen nicht ...

Zwischen stilvoller Primitivität und hemdsärmeliger Noblesse bewegte sich das Verhaltensspektrum der Bauarbeiter von der paramilitärischen Baustelle; die Gewalt jedoch, die hier vom Leder gezogen hatte, sprang das Auge mit Tigerkrallen an, die Furchen rissen in den naiven Glauben an ein wohltätiges Walten des Prinzips einer segensreichen Milde. Sämtliche Picken und Schaufeln waren verdreht, verbogen, verschandelt, als wären sie aus Knetmasse und nicht aus festem Holz und solidem Stahl gefertigt, Preßlufthammer sowie Plattenverdichter waren zu einer amorphen Masse Alteisens verklumpt.

Der Schachtmeister initiierte den Brunftschrei des schwarzen Brüllaffen mit nie zuvor gehörter Inbrunst, als er des Malheurs ansichtig wurde. Er wußte sich und seinen Leuten keine Erklärung für das Ungeheuerliche zu geben, zumal die Wache die ganze Nacht über auf Posten gewesen war und sich nach eigenem Bekunden nicht eine Sekunde Schlaf gegönnt hatte.

Nur beim eilig hinzu gerufenen Kommissar Zaungast brütete dumpf eine Ahnung unter der Schädelplatte, was den Urheber solchen Sabotageaktes anbetraf und in den dunklen Hirnwindungen zaungastigen Denkens schraubte sich ein schrecklicher Verdacht hoch.

„Sagen Sie, Herr Polier, morgen abend tagt doch wieder dieser ... äh ... Stammeltisch des Professor Radeverbrecher, nicht wahr?" fragte Zaungast den Vorarbeiter.

„Genau so ist es, Herr Kommissar."

„Dann werde ich morgen gezwungen sein den ... äh ... Graben zu überschreiten und zwar den innersten aller Gräben, den zur Pattstraße hin", erklärte Zaungast schwergewichtig.

Die Bauarbeiter aber brachen daraufhin spontan in Hochrufe auf den Kommissar aus, ihr Jubeln schien gar kein Ende nehmen zu wollen, und als die aufgehende Sonne den Nebelflor aufgelöst und Kommissar Zaungast die Baustelle schon längst wieder verlassen hatte, da jubelten sie immer noch, und erst als ein Lastwagen das neue Werkzeug anlieferte, da ebbte die Jubelorgie langsam ab.

Bald legte sich wieder das tiefe Schweigen konzentrierten Arbeitens über die paramilitärische Baustelle.

Um halb elf Uhr vormittags verkündete der Brunftschrei des schwarzen Brüllaffen das Herannahen des Postautos, wo in einer dicken schwarzen Ledertasche unter anderem auch die Rechnung des Glasers steckte.

Zweites Kapital

Der literarische Stammtisch
des Professors Doktor Radebrecher

Treffpunkt und Heimstatt des literarischen Stammeltisches war die kleine Eckkneipe eingangs der Pattstraße. Professor Radebrecher, Dozent für Literaturwissenschaft und Linguistik, der Begründer des literarischen Stammeltisches, hatte diesen elitären Zirkel ganz bewußt in der Pattstraße angesiedelt, denn nur hier fand er die nötige Ruhe und Muße, um in der Tiefe des Wortes zu schürfen, um Inhalte bloß zu legen, die von Legionen von Leseratten zwar angeknabbert, aber nicht richtig verdaut worden waren. Vor allem, seit die Arbeiten an der paramilitärischen Baustelle begonnen hatten, war die Kneipe mit dem beziehungsreichen Namen ‚Schatulle' zur Oase der Poesie geworden, wo sich ungestört parlieren, rezitieren und deklamieren ließ. Der größte Schatz, den diese Schatulle barg, war zweifellos der Stammeltisch des berühmten Literaten Professor Radebrecher, und dies war beileibe nicht bloß ein einfacher Tisch, es war ein Altar der Poesie, eine Empore der höchsten Kunst, woran zwölf Gäste Platz hatten und schwafeln konnten, welche da waren: der Professor Radebrecher höchstselbst, der Zahnreißer Dr. Rotermund, der Wagner Abraham Schindelholz, Frau Tamara Hallmich, Gattin des alchimistischen Apothekers Hannibal Hallmich, das kahlköpfige Familienoberhaupt der Vasallen, Reginald Rex Corbinus von Vasall; Menschen, welche allesamt in der Pattstraße wohnten. Weitere Mitglieder dieser illustren Tischrunde waren außerdem noch drei Nicht-Pattfüße, drei Medien nämlich, zwei weibliche, ein männliches, die mit den See-len verstorbener Dichter kommunizierten, sowie ein ver-larvter, geheimnisvoller Unbekannter, der der Runde als Zaungast beizuwohnen pflegte und nur selten einmal einen eigenen Diskussionsbeitrag beisteuerte. Dies wa-ren also die neun Schwafelgäste, die drei freien Plätze wurden von Strohpuppen eingenommen, solange jeden-falls, bis daß neue Mitglieder zum literarischen Stammel-tisch zugelassen würden. Etwaige Bewerber wurden al-lerdings einem strengen Auswahlverfahren unterzogen, auch hatte sich seit Jahren schon niemand mehr bewor-ben, der letzte, der es versucht hatte, war gleich an den ersten drei Fragen gescheitert, die Professor Radebre-cher ihm gestellt hatte, wobei der Proband die per pho-netischer Stenotachygraphie blitzschnell hervorgestoße-nen Namen dreier Dichter erraten mußte, ein von vorn-herein zweckloses Unterfangen. Ebenso gut hätte man versuchen können, nur anhand seines Geschnarches ei-nes Schläfers Träume zu deuten.

Professor Dr. Radebrecher, ein kleiner dicker, bebrillter Mann mittleren Alters, nahm seinen Platz ein und blickte forschend in die Runde, um die Vollständigkeit seines li-terarischen Zirkels festzustellen, wozu er sich jedoch nicht in der Lage sah, da noch drei Plätze frei geblieben waren. Es waren die drei Medien, die noch fehlten. Da sie keine Pattfüße waren, mußten sie ihre Sondergeneh-migungen vor der Stirn tragen und sich mit diesen dem Vorarbeiter von der paramilitärischen Baustelle gegen-über ausweisen. Seit des nächtlichen Sabotageakts an der Baustelle waren die Kontrollen dort noch einmal ver-schärft worden und der Professor schaute nervös auf seine Uhr, befürchtete er doch Unannehmlichkeiten für seine drei Medien, er wußte um die Empfindlichkeit me-dialer Bereitschaft und machte sich bereits ernsthaft Sor-gen um deren Unversehrtheit, als sich endlich mit einem Knatschen die Tür öffnete und die drei Medien scheinbar wohlbehalten hereinspazierten.

„Wir sind also vollzählig", stellte Professor Radebrecher zu seiner Zufriedenheit fest.

Drei Strohpuppen, drei Medien, Frau Tamara Hallmich, der Zahnreißer Dr. Rotermund, der Wagner Abraham Schindelholz, das Familienoberhaupt der Vasallen Reginald Rex Corbinus von Vasall sowie der dieses Mal mit einer Nilpferdmaske versehene Verlarvte warteten in stummer Ergebenheit auf weitere Worte ihres Vorsitzenden.

Professor Radebrecher schlug energisch mit der Faust auf den Tisch. „Die Sitzung ist eröffnet!" sagte er. Seine geballte Faust ließ ein zweites Mal den schweren Holztisch erbeben, eine Wirkung, die seiner Literatenfaust wohl kaum jemand zugetraut hätte. „Faust!" brüllte er in den Raum hinein.

Die anderen Mitglieder der Schwafelrunde verharrten abwartend in ehrfürchtigem Schweigen.

„Und dies", rief Professor Radebrecher, „ist für den Urfaust!" Dann knallte seine erhobene Faust ein drittes Mal auf die Tischplatte herab. Licht ins faustische Dunkel zu bringen, das war von jeher Hauptanliegen des kleinen Professors gewesen, seit über zwanzig Jahren versuchte er nun bereits, Goethes Faust zu ergründen.

„Von außen schaut sie! Himmelan sie strebt empor ..." zitierte er aus der Tragödie zweitem Teil und blickte sodann fragend in die Runde.

„Ragender Feste. Unzugängliche Mauer", übernahm der Zahnreißer Dr. Rotermund die Beantwortung der unausgesprochenen Frage.

„Bravo!" lobte ihn der Professor. Radebrecher war einem verborgenen Zusammenhang zwischen Goethes Faust und der großen Mauer auf der Spur. Er hatte sich auch – schon vor längerer Zeit – eine eigene These zurechtgelegt, was diese große Mauer am anderen Ende der Pattstraße anging. Seiner Meinung nach stellte sie eine Art Fluchtburg dar, und zwar eine Fluchtburg für eine gefahrbringende, vogelfreie Idee, die sich durch menschliche Nervenbahnen nicht lenken und leiten ließ.

Nicht Feder, nicht Pinsel, nicht Klang und auch nicht Meißel konnten die Idee bannen, ihr Gestalt geben, ihr einen Sinn verleihen. Deswegen war diese Idee auch so gefährlich, wobei Doktor Radebrecher nicht einmal annähernd diese Gefahr definieren konnte, aber ihm graute vor der Idee sowie vor der daraus möglicherweise erwachsenden Gefahr.

„Tamara, Ihre Verse bitte", sagte er dann plötzlich ganz unvermittelt. Die Idee hatte er einstweilen ins geistige Abseits geschoben, in ein Hinterstübchen seines außerordentlich geräumigen und gut ausstaffierten Oberstübchens.

Frau Hallmich streifte sich den Schuh vom rechten Fuß herunter und hielt ihre Ferse hoch, daß jeder ihr unter den Rock schauen konnte.

Der Professor runzelte mißmutig die Stirn, doch niemand belachte dieses Mißverstehen, denn ein Scherz sollte das keineswegs sein, Scherze waren tabu am literarischen Stammeltisch.

„Verzeihung", stammelte Tamara Hallmich, zog sich den Schuh an, griff unter ihren Rock und brachte von dort einen zerknüllten Zettel zum Vorschein, den sie sorgsam entfaltete und von dem sie dann die folgenden Worte ablas.

„Grau verhangen ist's Firmament, grau in grau wie Zement, grau bekränzet ist die Glatze, Reginald Rex Corbinus hat'se."

Das Familienoberhaupt der Vasallen fuhr auf, die Lohe des Zorns hatte seinen Hintern hochgebracht und seine Glatze rot anlaufen lassen, ihn selbst hatte sie verständlicherweise in höchste Rage versetzt. „Schandweib!" schrie er seine Zirkelkollegin an.

„Ruhe!" donnerte Professor Radebrecher, „keinen Streit, nur keinen Streit", dabei hob er beschwichtigend die Hände. „Tamara, zitieren Sie aus dem Faust, Sie sollen aus dem Faust zitieren!" forderte der Professor ungehalten. „Mein Gott, haben Sie Ihren Faust und die Regeln unserer hehren Runde denn immer noch nicht verinner-licht?"

Tamara Hallmich räusperte sich einige Male und bediente sich – quasi als Entschuldigungsgeste – eines leicht verschämten Schulmädchen-Verlegenheits-lächelns.

Reginald Rex Corbinus von Vasall hatte sich schnell beruhigt und seinen Platz wieder eingenommen..

„Tamara, bitte, wir warten alle auf Sie!" drängte Professor Radebrecher.

„Wo bist du, Pythonissa? Heiße wie du magst, aus diesen Gewölben tritt hervor der düstern Burg. Gingst etwa du, dem wunderbaren Heldenherrn mich anzukündigen."

„Bravo, bravissimo, meine allerbeste Tamara", reagierte Professor Radebrecher mit Überschwang auf die Rezitation Tamara Hallmichs. „Und nun, werter Abraham, lassen Sie uns bitte Ihre Verse hören", fuhr er dann fort.

„Laßt hier mich nicht vergeblich leiern! Nur der ist froh, der geben mag. Ein Tag, den alle Menschen feiern, er sei für mich ein Erntetag!" deklamierte der Wagner Abraham Schindelholz aus der Tragödie erstem Teil.

„Ja, es fügt sich alles ineinander", kommentierte der Professor die Verse des Wagners, „eins fügt sich zum anderen, wir kommen der Sache näher, immer näher. Hören wir nun, was Herr Goethe selbst dazu meint. Bitte schön", sagte Professor Radebrecher und blickte dabei das männliche Exemplar der drei Medien an.

„Das Opossum trat auf den Bovist, hatte sich zuvor sein eigen Fell bepißt, sehnte schon den Tod herbei, den Mörtel und das Kuckucksei", sprach das Medium mit Trance in der Stimme und mit in Tränen verschwimmenden Augen.

„Was will uns Goethe damit sagen, Herr Doktor Rotermund?" wandte sich der Professor an den Zahnreißer.

„Guten Abend, Herrschaften!" platzte eine ungeladene, fremde Stimme in die Literatenrunde hinein. Kommissar Zaungast hatte die Türschwelle überschritten, nachdem er vorher draußen – wie angekündigt – den Graben überschritten hatte. „Auf Scharlatanerie steht Verbannung, wissen Sie das nicht, Scharlatane schicken wir über die Delbrücke, dorthin, wo die Demag, die ... äh ... Demagogen die Leute für dumm verkaufen", sagte Zaungast mit drohend erhobenem Zeigefinger in Richtung Professor Radebrecher und ehe der völlig überraschte Professor sich so weit gesammelt hatte, um den unliebsamen Störenfried mit einem verbalen Protest abzuwatschen, hub der schon wieder an zu sprechen.

„Vierzig Salzsieder unter einem Trompetenbaum saßen am nächtlichen Feuer, erblickten glatzialen Federflaum, den Salzsiedern war's nicht geheuer."

„Wer sind Sie?" stammelte Professor Radebrecher, sichtlich beeindruckt von des Kommissars Versen.

„Gestatten, Zaungast, Kommissar Zaungast", gab der Störenfried seine Identität preis.

Ein Raunen ging durch den Saal.

„Zaungast!? ... ich dachte ..." stotterte der Professor, aber wer ist ... er?" Radebrecher zeigte mit dem Finger auf den Verlarvten.

Das Nilpferd röchelte ganz entsetzlich und spie angedautes Mus auf den Fußboden, ließ dem noch ein ganzes Stück seines Magens folgen, spie Galle hinterher und würgte so lange, bis sein Dünndarm ihm wie ein Schlauch aus dem Munde hing, entzog sich auf diese zwar unrühmliche, jedoch wirkungsvolle Art und Weise geschickt einer fälligen Stellungnahme. Die Ambulanz erschien mit überraschender Plötzlichkeit, hängte den Verlarvten an einen Tropf und transportierte ihn mit überstürzter Hast ab.

Der Kommissar ließ sie unbehelligt abziehen und knöpfte sich statt dessen noch einmal den hochgradig verwirrten Professor vor.

„Sind Sie Herr Radeverbrecher?" redete er den Gelehrten herablassend an.

„Radebrecher, bitte schön", gab sich der Herr Professor ein wenig pikiert.

„Nun gut, meinetwegen. Herr Radebrecher, ich bezichtige Sie hiermit des räuberischen Intellektualismus, des weiteren bezichtige ich Sie des Hieb- und Stechintellektualismus, das alles reicht ... äh ... reicht bei weitem aus für einen Radeverbrecher. Und nun können Sie Stellung nehmen zu meinen Anschuldigungen."

„Mein Herr!" protestierte Professor Radebrecher, „Ihre Anschuldigung ficht mich nicht an, ich habe einen hieb- und stichfesten Defätismus dagegen zu setzen."

„So, so", entgegnete Zaungast, „Ihren Defätismus führen Sie ins Feld, das nenne ich versuchte Bestechung eines Kriminalen. So etwas kann Sie teuer zu stehen kommen, Meister."

Eine der Strohpuppen rutschte von ihrem Platz und glitt langsam unter den Tisch.

„Dreißig Salzsieder unter einem Trompetenbaum, die huldigten ihrem Kaiser. Gaben wilden Spekulationen Raum, die Salzsieder macht' es nicht weiser!" deklamierte Zaungast lautstark. „Und jetzt haue ich Ihnen den Faust auf die Ohren, Herr Professor: ,Kluger Herren kühne Knechte gruben Gräben, dämmten ein', der Tragödie zweiter Teil, fünfter Akt."

„Demnach graben und schachten jene Banausen da draußen auf Ihre Veranlassung, Herr Kommissar?" forschte der Professor.

„Sie schuften und schachten, um etwas zu untergraben, selbsternannte Ansprüche und Autoritäten zu untergraben", erklärte Zaungast, „der Plattenverdichter dient dazu, Verdachtsmomente zu verdichten, der Preßlufthammer soll gewissen Institutionen und Personen auf den Zahn fühlen, der Herr Schachtmeister verdient sich so ganz nebenbei den paramilitärischen Orden wider die ... äh ... Schläfrigkeit und so weiter und so weiter."

,Da sollten sie mal besser bei der großen Mauer anfangen und die untergraben', dachte einer der Anwesenden bei sich, wagte aber nicht, dies offen auszusprechen. Leider sieht sich auch der Chronist im Moment außerstande, Namen dieses Freidenkers ausfindig zu machen.

„Lassen Sie sich durch mich in Ihren literarischen Studien nun nicht weiter stören", sagte Kommissar Zaungast, „fahren Sie einfach fort, auf Ihren defätistischen Hieb- und Stechintellektualismus kommen wir gegen Ende dieser Sitzung noch zurück."

Radebrecher räusperte sich. „Was meint Ihr guter Freund Shelley zum schwelenden Problem der aristokratischen Vertretungskörperschaften?" wandte sich der Professor nun an eines der beiden weiblichen Medien.

„Shelley hatte erst gestern eine Vision darüber", erklärte das Medium.

„Eine Vision?"

„Ja, eine Vision von Aristokraten mit Schwielen an den Händen."

„Vom Graben, Schachten, Schaufeln?"

„Nein, vom Schlafen und Träumen."

„Interessant", meinte der Professor.

„Ja, ihnen träumte, sie schachteten Verrat gegen ihren Kaiser."

„Sehr aufschlußreich, ja ... nun, Mademoiselle", richtete Professor Radebrecher sein Wort an das andere weibliche Medium, „hatten Sie Verbindung herstellen können zu unserem geschätzten Freund, dem ehrenwerten Teophil Gautier?"

„Ja, Herr Professor."

„Was sagte er?"

„Er sprach über die verlorene Dichtung der unausgesprochenen Worte", erklärte das Medium.

„Verlogene Dichtung!" rief Zaungast dazwischen.

„Er sprach über die ungesättigten Wünsche der schönen Formen", fuhr das Medium fort zu sprechen, „er sprach über Gestaltlosigkeit und Formlosigkeit der Idee."

„Ergänzen Sie dies durch ein Zitat aus dem Faust, Tamara", forderte der Professor Frau Hallmich auf.

„Vasall, du bist erprobt. Wer des Teufels Arsch so gut wie du gelobt, den ..."

„Schanddirne! Wo steht das geschrieben?" fuhr Reginald Rex Corbinus dazwischen. Bereits zum zweiten Mal sah sich das Familienoberhaupt der Vasallen von Tamara Hallmich in seiner Ehre verletzt.

Professor Radebrecher legte einen beschwichtigenden Zeigefinger an seine Lippen und Reginald Rex Corbinus von Vasall schluckte seinen Unmut galant runter.

„Kommen wir nun zu unserem allwöchentlichen Exkurs in Stichomantie", sagte der Gelehrte, „Abraham, erläutern Sie zunächst dem Herrn Kommissar den Begriff der Stichomantie."

Zaungasts Lachen war von respektloser Überheblichkeit, dazu scharf und bissig wie Ätzbeize. „Wer glaubt, aus Dichterworten die Zukunft erschließen zu können, der ist ein Narr", behauptete Zaungast.

„Beweisen Sie ihm das Gegenteil, mein Herr!" drang Radebrecher vehement auf sein männliches Medium ein. „Lassen Sie Herrn Goethe weissagen, wählen Sie dazu ein geeignetes Zitat aus dem Faust. Die Zeit selbst wird dereinst über die Gültigkeit, über die prophetische Kraft Ihrer Worte richten."

„Wie er es drückt und wie es ballt, bleibt's immer doch nur ungestalt", orakelte das Medium, um sogleich hinterher zu schicken: „Vorzug dem formlosen Gehalt vor der leeren Form."

Professor Radebrechers Miene drückte Enttäuschung aus, Zaungasts Miene blieb verschlossen, scheinbar unbewegt, doch die Worte des Mediums ließen den Kommissar aufhorchen und seine Lippen mümmelten einen stummen Kommentar zum eben Gehörten.

‚Es ist nicht der Geist Goethes, der aus diesem Munde sprach, es ist ein anderer, ein gänzlich anderer.'

Ansonsten fühlte sich niemand berufen, der Weissagung durch einen erläuternden Kommentar zu mehr Transparenz zu verhelfen. Professor Radebrecher ergriff erneut das Wort.

„Wer kann noch Verse zum besten geben? Ah, ich sehe, Reginald Rex Corbinus meldet sich zu Wort. Bitte schön, was haben Sie uns zu offerieren, Reginald Rex?"

„Carlotta hatte einen Wunsch und braut sich ihren Wunschpunsch. Verkehrte Wirkung zeigt der Punsch, beschert ihr einen Punschwunsch", sprach das Familienoberhaupt der Vasallen und erntete uneingeschränkten Beifall damit.

„Ich hätte da auch noch Verse!" rief Zaungast in den allgemeinen Beifall hinein. Und lauthals verschaffte er sich sofort Gehör. „Zwanzig Salzsieder unter einem Trompetenbaum, die hielten sich für Vasallen; erfüllten ihres Herrschers Traum, dem Kaiser zu gefallen."

„Herr Kommissar, ich muß doch sehr bitten!" protestierte der Gelehrte gegen Zaungasts Einwurf und das Familienoberhaupt der Vasallen protestierte unisono mit, fühlte er sich doch nun schon zum dritten Mal unehrenhaft berührt.

„Meine Damen, meine Herren, verehrte Strohwitwer, ich bin noch nicht fertig. Jetzt wird es dienstlich, also halten Sie gefälligst allesamt für einen Moment die Schnauze!" brüllte Zaungast. „In mir ein Verdacht sich nährt, der mir die Frage stellt: wieso gab das Nilpferd statt Versen Fersengeld?"

„Niemand hier weiß, wer sich unter dieser Nilpferdmaske verbirgt, er trägt auch nicht immer eine Nilpferdmaske, manchmal erscheint er als Schwein, manchmal als Löwe, ein anderes Mal als Elch oder als Esel", gab Professor Radebrecher Auskunft. „Einige von uns glaubten gar ..."

„Was glaubten einige von Ihnen?" fragte Zaungast drohend.

„Ach, vergessen Sie es, Herr Kommissar, aber sagen Sie, was hat Sie überhaupt hierher geführt?"

„Räuberischer, defätistischer Hieb- und Stechintellektualismus, außerdem bin ich einem Maulwurf auf der Spur, Herr Professor. Er soll mich auf eine verwunschene Fährte führen."

„Auf welche oder auf wessen Fährte, Herr Kommissar?"

„Auf die Fährte eines unterirdisch lebenden Unholds, eines Revolutionärs, das mag Ihnen vorerst genügen, Professor. Und nun an alle!" Zaungast erhob seine Stimme zum Forte. „Wer von Ihnen ist verantwortlich für das florierende Geschäft des Glasermeisters Ammerkamp? Anders gefragt, wer gibt diesem zwielichtigen Kundschafter Kunde von Dingen und Vorgängen, die ihn nicht zu interessieren haben? Wer also ist ... äh ... Künder solcher Kunde, Kunde des Kundschafters? – Niemand?" fragte Zaungast anhand des allgemeinen Stillschweigens. „Kennt jemand von Ihnen den Kunden des Glasers?"

„Ich, Herr Kommissar, ich kenne ihn", meldete sich Tamara Hallmich zu Wort.

„Wer ist es?" fragte Zaungast.

„Der Sargmacher Aloys Mistelzweig."

„Hat sich dieser Mistelzweig auf Schneewittchensärge spezialisiert oder benutzt er Glas ganz einfach nur auf die paradoxe Art und Weise, um etwas damit zu verbergen? Dieser Mistelzweig ist in jedem Fall verdächtig zwielichtig", ließ Kommissar Zaungast verlauten.

„Ich kann Ihnen die Hintergründe der Geschäftsbeziehung zwischen Sargmacher und Glaser erklären, Herr Kommissar", übernahm der Professor wieder das Wort.

„Dann tun Sie das gefälligst, Mann!" herrschte Zaungast ihn an.

„Es ist ganz einfach", sagte der kleine Professor schmunzelnd, „Aloys Mistelzweig hat eine Eingangstür aus Glas in seinem Haus, aber einen Türklopfer aus Messing. Wenn nun der Postler kommt, um dem Sargmacher die Rechnung des Glasers zuzustellen, dann schlägt der Zusteller den schweren Türklopfer gegen das Glas, und da der Herr Mistelzweig schwerhörig ist, muß der Postbote laut klopfen, so laut, daß dabei jedes Mal die ganze Tür zu Bruch geht. Anschließend ruft Mistelzweig wiederum den Glaser an, um bei ihm eine neue Haustür zu ordern."

„Dann ist dieser Mistelzweig entweder ein Idiot", räsonierte Zaungast laut, „oder der Kerl ist von einer Gerissenheit, die ihn beinahe polizeidiensttauglich macht. Die plausibelste Variante ist allerdings, daß Sie mir hier einen Bären aufbinden wollen." Der Kommissar brachte den letzten Satz mit einem raubtierhaften Knurren heraus.

„Beileibe nicht, Herr Kommissar", entgegnete Radebrecher, „es wird Ihnen doch ein Leichtes sein, meine Angaben nachzuprüfen. Mistelzweig befindet sich in einem offensichtlichen Dilemma, ich persönlich denke, jemand hat ihn in einen circulus vitiosus hineingehext, aus dem er allein nicht wieder herauskommt."

„Hätten wir den gläsernen Menschen ... metaphorisch gesprochen ..." erklärte Zaungast, „dann brauchten wir keine gläsernen Türen. Der ... äh ... Nilpferdgesichtige, ist es ein Pattfuß?"

Niemand schien fähig oder willens, darüber Auskunft zu geben.

„Sind Sie ein Anwohner der Pattstraße?" hielt sich Zaungast an den Professor als den scheinbar kooperativsten und kompetentesten Gesprächspartner aus dieser literarischen Stammelrunde.

„Ja, Herr Kommissar, das bin ich."

„Aber dann müßten Sie doch wissen, wer Ihre Nachbarn sind. In solch einer kleinen Straße muß man sich doch gegenseitig kennen", ereiferte sich Zaungast.

„Die Pattstraße ist keine gewöhnliche Straße, Herr Kommissar, und ihre Bewohner sind auch keine gewöhnlichen Menschen, obwohl sie alle überaus gewöhnlich aussehen", versuchte der Professor zu erklären. „Wir Pattfüße sind Menschen von einer eigenen Art, man könnte fast sagen: eigenartige Menschen. Hier kümmert sich niemand darum, wer sein Nachbar ist, wie er heißt oder was er tut."

„Vielleicht lebt unser unbekannter, verlarvter Stammeltischler hinter der großen Mauer?" ließ sich der Zahnreißer Doktor Rotermund plötzlich vernehmen.

„Ah, Sie scheinen mehr zu wissen, als es sich für einen in gesellschaftlicher Klausur befindlichen Pattfuß geziemt, Zahnreißermeister", sagte Kommissar Zaungast vorwurfsvoll. „Ich melde mich hiermit bei Ihnen an, zu einem Zahnarztbesuch mit vertauschten Rollen, gleich morgen früh. Wissen Sie, ich wollte schon immer mal einem Dentisten auf den Zahn fühlen, Herr Doktor ... äh ... Rotermund."

Der Zahnreißer erbleichte.

„Da schau einer an, Ihr schlechtes Gewissen bekennt Farbe. Sie verplomben nicht nur Zähne, Sie verplomben auch Rätsel und Geheimnisse. Mein kriminalistischer Instinkt sagt mir das", fuhr Kommissar Zaungast fort. „Sie können aber morgen Ihr Gewissen erleichtern, indem Sie nämlich Ihr Wissen mir anvertrauen."

„Ich weiß nichts, Herr Kommissar", beteuerte Rotermund, „das mit der Mauer und dem Nilpferd, das war nur so dahin gesagt, reine Mutmaßung."

„Wir werden bald sehen, was Sie wissen", entgegnete Zaungast, übernahm dann selbstherrlich den Vorsitz über den literarischen Stammeltisch und sagte: „Wir schließen nun die heutige Runde mit Versen. Bitte sehr, Herr Professor."

Professor Radebrecher rückte seine Brille zurecht, räusperte sich kurz und zitierte: „Wir rüttelten wir pochten fort, da lag die morsche Türe dort."

„Fürwahr, fürwahr, des Sargmachers Türe", kommentierte Zaungast. „Weiter, und jetzt du, Vasall!"

„Da droben auf dem Viergespann, das ist gewiß ein Scharlatan, gekauzt da hintendrauf Hanswurst ..."

„Stop!" unterbrach Zaungast des Vasallen Rede, „hier irrte Goethe, es war ein Sechsspänner, ich selbst kann dies aus eigener Anschauung bezeugen. Genug der Zitate, ich danke Ihnen allen für die Kooperationsbereitschaft, es war eine außerordentlich ... äh ... befruchtende Runde."

„Faust!" schrie Professor Radebrecher und haute seine Faust auf den Tisch. „Faust!" schrie er ein zweites, ein drittes Mal und knallte dazu seine Faust auf die Tischplatte.

Zaungasts Faust konnte dem Impuls nicht widerstehen, ihr ureigenstes Faustrecht geltend zu machen und so den passenden Schlußpunkt zu setzen, indem sie nämlich hammergleich einen überraschten Professor Radebrecher in einen zehnminütigen Tiefschlaf versetzte.

Nachdem Kommissar Zaungast die ‚Schatulle' zufrieden verlassen hatte, besuchte er noch den Vorarbeiter an der paramilitärischen Baustelle, dem er den Auftrag erteilte, am nächsten Tag endlich das geheime Vermutloch zu graben, die Zeit sei jetzt reif dafür und man sollte nicht mehr länger zögern, sich erdgeborener Mutmaßungen zu bedienen, um sie mitanteilig an der Lösung des Falles arbeiten zu lassen.

Drittes Kapitel

Beim Zahnreißer Doktor Rotermund

„Herr Doktor, in meinem Mund da wächst etwas, was da nicht wachsen sollte." So sprach einer der Bauarbeiter zum Zahnreißer Doktor Rotermund.

„Lassen Sie mal sehen ... ah, tatsächlich, ein Gewächs."

„Und ... ist es schlimm, Doktor?"

„Ach wo, nein, denn ich werde es mit Agent Orange behandeln. Sie dürfen dann allerdings eine Woche lang weder schlucken noch speien. Ich werde Ihnen also eine Drainage legen müssen. Zwei Abflüsse durch den Mundboden werden sicherstellen, daß ..."

„Aber wie soll ich dann essen, Herr Doktor?" unterbrach der besorgte Bauarbeiter des Zahnreißers Erklärung.

„Fasten Sie einfach eine Woche lang, es wird Ihnen gut tun."

„Herr Doktor, aber trinken, wie soll ich trinken, wenn ich nicht schlucken kann, ich muß jeden Tag hart arbeiten, trinken muß ich auf jeden Fall!"

„Keine Sorge", sagte Rotermund, „für das Wasser stelle ich Ihnen ein gebührenfreies Rezept aus. Und nun folgen Sie mir bitte in das Behandlungszimmer."

Der Zahnreißer ging voran und der Bauarbeiter trottete ihm hinterdrein in ein fensterloses, düsteres Behandlungszimmer, dessen Mobiliar nur schemenhaft zu erkennen war. Etwa in der Mitte des Raumes blieb Doktor Rotermund stehen und bedeutete dem Bauarbeiter, Platz zu nehmen. Dieser ließ seinen ungeschlachten Körper in den Behandlungsstuhl sinken und öffnete bereitwillig seinen Mund. Der Doktor schaltete eine vorsintflutlich wirkende, von einem riesigen metallenen Schirm beschattete Stehlampe ein. Das rote Licht, das von der Lampe ausging, durchflutete den Raum wie eine Woge unstofflichen Blutes.

„Pfui Teufel, Zähne nicht geputzt", bemerkte der Zahnreißer, als er sich über seinen Patienten beugte, dessen aufgesperrtem Mund tatsächlich eine übelriechende Nebelwolke entströmte, die sich diffusionsartig mit dem roten Schummerlicht zu vermischen schien.

„Es ist der Kohldampf", erklärte der Arbeiter die nebelhaften Schwaden, die seinem Mund entschwebten.

„Sehr schön", meinte Rotermund, „das heißt, Ihr Körper hat sich bereits auf das Fasten eingestellt. Ich werde jetzt das Entlaubungsmittel holen ... nein ... zuerst muß ich die Drainage legen." Der Doktor nahm einen Korkenzieher zur Hand und näherte sich seinem Patienten mit einem Grinsen, das unverkennbar sadistische Züge aufwies.

Der Patient klappte den Mund zu.

„Mund auf!" befahl der Zahnreißer Rotermund, „ich muß die Drainagen von oben anlegen, von unten habe ich keine Lizenz."

„Nix da!" sagte der Bauarbeiter.

Von draußen war plötzlich ein lautes, aufgeregtes Gebell zu vernehmen.

„Mein Sekretär", erklärte der Zahnreißer seinem Patienten, „aber wieso bellt er? Steht etwa dieser Kommissar schon vor meiner Tür?"

Zaungast stand vor der Tür, beziehungsweise vor der Hundehütte, dem Dienstraum des Sekretärs, der bei Zaungasts Eintreffen in wildem Ungestüm aus seiner Hütte gestoben war und an einer ellenlangen Leine in zwar menschlich aufrechter Haltung aber laut bellend und knurrend den Kommissar anging, um ihm den Zutritt zum Haus des Zahnreißers zu verwehren. Zaungast traktierte den Sekretär mit ein paar derben Püffen in Leber und Milz, und es gelang ihm so, sich den übereifrigen Wachhund des Zahnreißers vom Leibe zu halten, der sich daraufhin schmollend in seine Hütte verkroch.

Die hündische Ergebenheit seinem Herrn gegenüber hatte beim Sekretär im Laufe der Jahre die Qualität eines pathologischen Devotismus angenommen, er benahm sich nicht nur wie ein Hund, nein, er hatte ganz sichtbarlich wölfische Züge angenommen, seine Körperbehaarung war dichter und borstiger geworden, sein Gebiß kräftiger, raubtierhafter, ein kläffender Butz, der dem Zahnreißer viele Patienten vertrieb, damit seinem Herrn und Meister aber durchaus auf eine bestimmte Weise dienlich war.

Kommissar Zaungast hatte das Haus des Zahnreißers betreten, die Tür war offen gewesen, desgleichen die Tür zum düsteren Behandlungszimmer, in welches der Kommissar nun seinen Fuß setzte. In den Händen hielt er einen Preßlufthammer, wie ein Maschinengewehr im Hüftanschlag drohend nach vorn gerichtet.

„Ich werde Ihrem Zerberus noch Manieren beibringen, Zahnreißer!" wählte Zaungast eine Begrüßungsformel der ungehobelteren Sorte, die aber recht gut zu seinem martialischen Auftreten paßte. Er gewahrte den Korkenzieher in der Hand des Zahnreißers und drohte, noch ehe der perplexe Mann Gelegenheit fand, Zaungasts Gruß zu erwidern, „auf Kurpfuscherei steht Verbannung, Meister, das wissen Sie doch hoffentlich. Kurpfuscher jagen wir fort, jagen wir über die Delbrücke, dorthin, wo das Banner der Krähwinkelei im Wind wackelnder Eselsohren lustig ... äh ... flattert."

„Herr Kommissar, ich muß doch sehr bitten!" empörte sich der Zahnreißer.

„Gut, Meister, ich will Ihnen eine faire Chance geben", sagte Zaungast. „Was wissen Sie über die große Mauer am Ende der Pattstraße? Wer residiert hinter dieser Veste und was will er uns verbergen?"

„Ich weiß es nicht, Herr Kommissar", behauptete der Zahnreißer, „niemand weiß es, nicht die Schiffer auf dem

Bouillon-Fluß, nicht einmal die dort patrouillierende Wasserschutzpolizei, nicht die Beschäftigten in der großen Kiesgrube, und die vom Club der Vergessenen, die wissen es auch nicht."

Es muß hier erläuternderweise vermerkt werden, daß nördlich der großen Mauer, die eine komplette Umfriedung eines ausgedehnten Areals bildete, die schmutzigen Wasser des Bouillon-Flusses das Fundament jenes gigantischen Bauwerkes beleckten, westlich der Mauer befand sich eine Kiesgrube und östlich davon lagen die Schrebergärten der Vergißmeinnicht und Narzissen züchtenden Liga ehemaliger VIPs. Abgehalfterte Politiker, Schauspiel- und Schlagersternchen, Künstler, Sportler und andere notorische Langweiler, die irgendwann ihren Prominentenstatus eingebüßt hatten, pflegten dort ihren narzistischen Neigungen nachzugehen.

„Ja, und wenn Sie es nicht einmal wissen, Herr Kommissar", fuhr der Zahnreißer fort, „wo doch schon so oft der Polizeihubschrauber das eingemauerte Grundstück überflogen hat ..."

„So, so, niemand weiß es also", antwortete Kommissar Zaungast ausweichend mit einem näselnden Unterton in der Stimme. „Kennen Sie den Fall ... äh ... Notnagel, Herr Rotermund?"

„Nein, Herr Kommissar."

„Eine scheußliche Geschichte", sagte Kommissar Zaungast, „allein die ... äh ... die gräßlichen Einzelheiten aussparenden nackten ... äh ... Fakten wären schon dazu angetan, Sie Ihrer Nachtruhe zu berauben. Ich werde Ihnen die Fakten jetzt trotzdem so schonend wie möglich darlegen, mögen sie Ihnen auch bitter aufstoßen, doch je bitterer die verabreichte Medizin schmeckt, desto heilsamer wird ihre Wirkung sein. Also hören Sie zu: Herr Notnagel hat Fräulein Notdurft genagelt. Notgenagelt. Und die barmherzige Schwester Notbremse, die vom Bruder Notruf sogleich alarmiert worden war, hat diese schändliche Notzucht nicht verhindern können. Und auch die Notabeln haben notabene tatenlos zugesehen. Aber der vortreffliche Herr Schwanz und meine Wenigkeit haben den Notnagel schließlich genötigt, aufzugeben, indem wir ihn in ... äh ... Notwehr notgeschlachtet haben, notgedrungen notgeschlachtet, notgedrungen ... äh ... notwendig notgeschlachtet, versteht sich."

Der Bauarbeiter im Behandlungsstuhl, der sich bis jetzt noch nicht wieder gerührt hatte, zeigte nun erste Anzeichen eines epileptoformen Verhaltens. Kommissar Zaungast vermutete sogleich eine besondere Form von Epiphanie dahinter, die sich der visionären Potenz des Mannes da aufgebürdet hatte. Er beugte sich über den Patienten, sah den Schaum in dessen Mundwinkeln und sagte:

„Schaumflocken vom Munde des erhängten Judas, wenn man sie im magischen Tiegel aufkocht, vermehren sie sich und erzählen Geschichten von ... äh ... gefallenen ... äh ... Ängeln. Dieser Mann hier ist ein Medium stattlichsten Kalibers. Unter den Pattfüßen wandelt also ein Judas, von Anfang an habe ich es geahnt, und nun habe ich endlich den Beweis."

„Interessant", meinte der Zahnreißer, hing mit seinen Augen an den Blasen werfenden Lippen seines Patienten und mit den Ohren an den nichts als Verwirrung hervorrufenden Lippen des Kommissars. „Verzeihung, Herr Kommissar", sagte er, „was suchen Sie eigentlich bei uns in der Pattstraße? Ist es dieser Judas, den Sie hier suchen?"

„Wir suchen den Konterrevolutionär wider die neolithische Revolution, der längst noch nicht aufgegeben hat und der niemals aufgeben wird", erklärte Zaungast. „In der proto-neolithischen Periode war er noch aktiver Revoluzzer, gegen Ende des vorkeramischen Zeitalters aber wurde er zum untätigen Zaungast der großen Revolution degradiert, ha, ha, ha!"

„Ich weiß ehrlich gesagt nicht, wovon Sie reden, Herr Kommissar."

„Das glaube ich Ihnen unbenommen, und nun widmen Sie sich wieder Ihrem Patienten, geben Sie ihm eine Flasche Starkbier, aber tragen Sie Sorge, daß nichts verplempert wird, jeder einzelne Tropfen nährt die visionäre Kraft dieses unvergleichlichen Mediums." Zaungast pirouettierte plötzlich um die eigene Achse, den Preßlufthammer wie eine Schußwaffe dabei im Anschlag. „Abba Babba Blabba Blabba Bla Bla Bla Bla Blattschuß!" eruptierte sein Mund in aggressivem Staccato hervorgestoßene Wortbrocken, geboren aus der Spontaneität, die keinerlei Fragen stellt und die nun – von der Ratio ungefiltert – scheinbar sinnlos durch den Raum knallten. Der Kommissar kam zum Stehen, sein Preßlufthammer wies auf eine Regalwand, die vollgestopft war mit Büchern. Grollend näherte sich Zaungast der Regalwand, griff wahllos hinein, schaute auf den Buchtitel und sagte:

„Sieh mal an, wen haben wir denn da herausgefischt? J. B. Watson! Und wo Watson ist, darf wer nicht fehlen, Zahnreißerchen?"

„Sherlock Holmes", antwortete der Zahnreißer.

„Sie sind ein Dummkopf!" beschied ihm Zaungast, „wenn Kommissar Zaungast ein Haus mit seiner Anwesenheit beehrt, gibt es für Sherlock Holmes nicht mal mehr einen Platz im Bücherregal." Sein dicker Zeigefinger fuhr die Buchrücken entlang und wurde fündig. „Skinner", sagte Zaungast verächtlich, B. F. Skinner. Und die Clique um einen gewissen Herrn Freud ist auch fast vollständig vertreten. Fehlt nur der zweite Sigismund, der ... äh ... Tropfstein."

„Der Name ist mir nicht geläufig", warf der Zahnreißer ein.

„Nicht?" fragte Zaungast ungläubig. „Aber die anderen von mir erwähnten Autoren haben Sie studiert?"

„Nicht alle, Herr Kommissar, und wenn, dann auch nur oberflächlich."

„Und selbst das war eine reine Zeitvergeudung", behauptete Kommissar Zaungast. „Diese sogenannten Behavioristen, die der Ansicht huldigen, das die Tat und nicht der Täter im Focus der wissenschaftlichen Betrachtungsweise stehen muß, die irren sich ... äh ... grundlegend. In der Tat, der psychoanalytische Ansatz von Freud und dessen Nachbetern stellt wiederum nichts anderes dar, als einen psychologischen Surrealismus, der sich als Wissenschaft tarnt, wie sich der den Opportunismus befördernde Behaviorismus gern als Humanismus ausgibt. Der richtige Ansatz ist aber zweifellos der zaungastige Standpunkt, der die Zäune akzeptiert, die sich zwischen dem Strebenden, dem Suchenden, Forschenden einerseits, und dem Wissen, der Erkenntnis und ähnlichen Chimären andererseits aufbauen; ein wahrer Stacheldrahtverhau, den zu durchdringen oder zu überwinden menschlicher Geist niemals ausreichen wird. Nie und nimmer!"

„Herr Kommissar, um auf Ihre Tätigkeit hier zurückzukommen, Sie haben weder eine Tat, noch eine Tatwaffe, noch einen Täter. Um wen oder was geht es also bei Ihren Recherchen?" bemerkte Doktor Rotermund provozierend.

Zaungast tat, als hätte er es nicht gehört und begutachtete weiter die Büchersammlung des Zahnreißers. „Ah", sagte er, „das Futuristische Manifest des Herrn Marinetti, J. P. de River und die ganze einschlägige Literatur über Sodomismus, Nekrophilie und andere unappetitliche Themen, wie ich es ... äh ... schon vermutet hatte. Aber auch hier fehlt ein wichtiger Autor, Dr. Aloys Ficker, der bekannte Sodomist. Kennen Sie ihn, Herr ... äh ... Rotermund?"

„Nein, Herr Kommissar."

„Sie geben meinem Wissensdrang schon wieder einen Korb", grollte Zaungast, „einen Korb mit faulen Eiern."

„Ich weiß nicht, was Sie meinen, Herr Kommissar", behauptete der Zahnreißer, derweil sein Patient in eine tiefe Ohnmacht gesunken war.

„Ich wette fünf Schrotpatronen gegen ein einpfündiges Artilleriegeschoß, daß Sie sehr wohl wissen, was ich meine", sagte Zaungast und stemmte seine Fäuste in die Hüften. „Und nun möchte ich mal einen Blick in Ihre Patientenkartei werfen, Herr Zahnreißer."

„Bitte sehr", sagte Rotermund lächelnd und deutete auf einen Biedermeierschrank, der sich schattenhaft an die Wand duckte, und den der Kommissar sogleich eingehend inspizierte. Er enthielt einige Kästen mit Karteikarten sowie mehrere dicke Aktenordner. Zaungast nahm sich als erstes die Karteikarten vor, stieß aber nur auf verschlüsselte Eintragungen, deren Bedeutungen ihm im Moment nicht aufgehen wollten.

„Diese Karteikarten sind beschlagnahmt!" erklärte Zaungast.

Vom Vorgarten her war plötzlich wieder das Gebell des Sekretärs zu vernehmen, Sekunden später der Brunftschrei des schwarzen Brüllaffen, was darauf schließen ließ, daß des Zahnreißers Sekretär und der Vorarbeiter von der paramilitärischen Baustelle aneinander geraten waren. Ein neuerliches Affengebrüll , das unverkennbar vom Triumph gefärbt war, legte einen weiteren Schluß nahe, nämlich den, daß der Polier bei der Auseinandersetzung da draußen als Sieger hervorgegangen war.

„Ihr Zerberus bezieht ein zweites Mal Prügel", meinte Kommissar Zaungast schmunzelnd und stapelte auf einem Tisch Karteikästen übereinander.

Die Tür wurde geöffnet. In gebückter Haltung zwängte der Vorarbeiter seinen riesigen Körper hindurch und baute dann seine herkulische Statur im Zimmer auf. Er sah den Kommissar und strahlte. „Guten Morgen, Herr Kommissar", sagte er.

„Guten Morgen, Herr Polier", erwiderte Zaungast den Gruß. „Gut gebrüllt, Schachtmeister!"

„Danke, Herr Kommissar."

„Bitte, Herr Schachtmeister. Ehre, wem Ehre gebührt. Kennen Sie Carpenters brillante Studie über den Brüllaffen?"

„Nein, Herr Kommissar."

„Sie sollten sie lesen."

„Danke für den Tip, Herr Kommissar."

„Gern geschehen, Herr Polier. Was führt Sie ... äh ... hierher?"

43

„Wir sind auf Wasser gestoßen, Herr Kommissar", erklärte der Vorarbeiter stolz.

„Ah, im geheimen Vermutloch, nehme ich an."

„Sehr richtig, Herr Kommissar."

„Nicht auf Blut, Milch oder Sperma?"

„Nein, Herr Kommissar."

„Na schön, ich danke Ihnen jedenfalls einstweilen für die Information, die ... äh ... wasserklare Information. Morgen vormittag besuche ich diesen Sargmacher und hole mir die ... äh ... die glasklare Information. Sie, Herr Schachtmeister, können nun wieder an Ihre Arbeit gehen, und nehmen Sie den Mann da mit, Sie werden heute und in den nächsten Tagen keinen Arbeiter entbehren können, denke ich."

„Nein, Herr Kommissar. Jawohl, Herr Kommissar." Der Schachtmeister rüttelte den ohnmächtigen Arbeiter wieder zu Bewußtsein und schleppte den noch benommen wirkenden Mann mit sich zur Tür hinaus.

„Der Mann bedarf dringend meiner Behandlung!" protestierte der Zahnreißer.

„Schweigen Sie!" gebot ihm Kommissar Zaungast, „und konzentrieren Sie sich auf das, was ich Sie jetzt fragen werde. Also, ‚von außen schaut sie! himmelan sie strebt empor ...' so steht es tatsächlich im Faust", sagte Zaungast. „Darauf antworteten Sie dem Professor: ‚Ragender Veste, Unzugängliche Mauer.' Ein Satz jedoch, beziehungsweise eine Frage blieb leider unbeantwortet. Was wollte Goethe uns damit sagen, Herr Doktor Rotermund? Ich zitiere: ‚Das Opossum trat auf den Bovist, hatte sich zuvor sein eigen Fell bepißt, sehnte schon den Tod herbei, den Mörtel und das Kuckucksei.' Was wollte Goethe uns durch diese Worte mitteilen? Diese Frage ging an Sie, Zahnreißer, und Sie sind die Antwort bis heute schuldig geblieben. Zugegeben, mein unerwartetes Eindringen in Ihren literarischen Zirkel war mit dafür verantwortlich, daß Sie Ihre Antwort nicht gegeben haben, nun aber steht dieser Antwort nichts mehr im Wege."

Der Zahnreißer wußte die Antwort scheinbar trotzdem nicht zu geben.

„Nun gut", meinte Zaungast, „dann werde ich das Antworten für Sie übernehmen. Ein derartig buntes, fetzenhaftes Satzgebilde läßt sich nicht in die durch Korsettstangen abgesteckten Bahnen von Sinn und Idee zwingen, wenn Goethe überhaupt Urheber solcher Worte gewesen sein sollte, für mich hat es ganz den Anschein, daß der gesuchte Revolutscher ... äh ... nein, nein, verdammte Tat, auch das kann es nicht sein, nie und nimmer kann das ... äh ... sein." Der Kommissar kratzte sich an der rechten Schläfe und schaute sich im Raum um, so als suche er etwas. Dr. Rotermund hoffte, daß es der Ausgang war, den er suchte, gab sich aber keinen diesbezüglichen Illusionen hin.

„Verdammt finster hier", murmelte Kommissar Zaungast.

„Suchen Sie etwas Bestimmtes, Herr Kommissar?" erkundigte sich der Zahnreißer vorsichtig.

„Ja, das Telefon."

„Hier bitte." Der Zahnreißer führte Zaungast in eine dunkle Ecke, wo auf einem kleinen Sekretär ein schmutzig klebriges Telefon stand.

„Sauerei!" entfuhr es Zaungast, als seine Finger mit dem Apparat in Kontakt kamen, „total versifft, das Scheißding!" Er zog ein Papiertaschentuch aus einer fast leeren Packung und nahm damit den Hörer auf. Dann wählte er die Notrufnummer der paramilitärischen Baustelle.

„Herr Kommissar", meldete sich der Vorarbeiter, „sind Sie in Schwierigkeiten?"

„Nein, nein, Herr Polier, alles in Ordnung, danke der Fürsorge", sprach Kommissar Zaungast, ich bräuchte hier nur einen Mann mit einer Schubkarre."

„Sofort?"

„In einer Viertelstunde. Vor der Praxis des Zahnreißers."

„Geht klar, Herr Kommissar."

„Danke." Zaungast hatte den Hörer aufgelegt und wandte sich wieder Dr. Rotermund zu. Der Kommissar nahm den Preßlufthammer, den er zwischenzeitlich auf dem Teppich abgelegt hatte, wieder zur Hand, deutete damit auf den Behandlungsstuhl und befahl dem Zahnreißer:

„Da hinein!"

„Ich?"

„Wer sonst!?"

Der Zahnreißer zögerte erst, ließ sich dann aber widerwillig in den Stuhl sinken. Zaungast beugte sich über ihn, den Preßlufthammer drohend wie eine Waffe auf das Brustbein des Mannes gerichtet.

„Sie sind ein Sadist", hielt Zaungast dem Zahnreißer vor, „ein Sadist mit dem Hang zum Nekrophilen, wie beinahe alle Menschen, die einen medizinischen Beruf ausüben. Außerdem sind diese Leute auch allesamt Narzißten, sie sind narzißtischer als die Narzissen züchtenden, ehemals Prominenten, die in ihren Schrebergärten ihr Vergißmeinnicht kultivieren und dort im Schatten der großen Mauer sinnlos vor sich hin vegetieren."

Der Zahnreißer sagte nichts, doch in seinen Augen leuchtete der Geist des Widerspruchs.

„Die moderne Medizin offenbart ihren nekrophilen Charakter immer deutlicher und unverhohlener", fuhr Zaungast fort, „in den Krankenhäusern und Arztpraxen bestimmen schon heute Maschinen und Apparate das Bild, bald werden Roboter statt Chirurgen die Patienten operieren und ihnen synthetische Organe implantieren, all der sogenannte medizinische Fortschritt ist lediglich ein technischer Fortschritt, die Medizin im eigentlichen Sinne bleibt auf der Strecke, ebenso der Mensch, sein Leben wird zwar häufig verlängert, der Mensch selbst aber wird zum Ding, zum Anhängsel einer Maschine. Das Krankenhaus ist zu einer Welt des Leblosen geworden. Da lobe ich mir doch die Spitäler früherer Zeiten, wo die Menschen auf den Fluren mit schmerzverzerrten Gesichtern röchelnd und stinkend, aber in Würde dahinsiechen konnten. Ich verabscheue die in Überheblichkeit und Standesdünkel erstarrte moderne Medizin zutiefst."

„Sie sind wahnsinnig", preßte der Zahnreißer hervor.

„Oh nein", widersprach Zaungast, „und jetzt mach gefälligst deinen Mund auf, Zahnreißer!" Zaungast holte unter seinem Gürtel eine Kombizange hervor. „Du selbst kannst wählen, was ich nun deinem Mund extrahieren werde, Zähne oder Informationen."

Auf des Zahnreißers Stirn glänzten einige Schweißperlen. „Was wollen Sie wissen?" stammelte er aufgeregt.

„Haben Sie Frau und Kinder?" fragte Zaungast.

„Nein."

„Diese seltsame Straße, die Pattstraße", näselte Zaungast, „Heimstatt der Pattfüße, sie erinnert mich irgendwie an jene virtuelle Sackgasse, die von Forschern, Denkern und Weisen beschritten wird, die dann irgendwann am Ende der Gasse vor der unüberwindlichen Mauer stehen, die allem weiteren Forschen ein Ende setzt."

„Es gibt gar keine Mauer, nur die Illusion der Mauer", sagte der Zahnreißer.

„Wer hat die Macht, der Illusion ein Ende zu setzen?" fragte der Kommissar.

„Es gibt keine Macht, nur die Illusion der Macht", sagte der Zahnreißer.

„Danke, Herr Professor", bemerkte Kommissar Zaungast spöttisch, „wir unterhalten uns später, lassen Sie nun den Doktor Rotermund für sich selbst antworten. Also, was wirkt am besten gegen illusionistisches Bollwerk?"

„Stein!" sagte der Zahnreißer.

„Welche Art von Stein?"

„Zahnstein."

„Welche Art von Zahn?"

„Vom Zahn der Zeit."

„Nein", widersprach Zaungast, denn dieser nagt zwar gründlich, aber zu langsam, eine neue Illusion kann sich aufbauen. Ich persönlich würde Elfenbein verwenden, vorzugsweise von ... äh ... Elfen, was sich aber schwierig gestalten dürfte, ersatzweise von ... äh ... Elefanten oder vom Nilpferd. Oder aber ..." Zaungast machte eine vielsagende Pause, „Tropfstein statt Elfenbein."

Der Zahnreißer war kaum merklich zusammengezuckt.

„Kennen Sie Namen und Adresse der drei Strohpuppen vom literarischen Stammeltisch?" fragte Zaungast.

„Ja, sie heißen Teipel, Tölpel und Teufel und wohnen in der Kosmopolitenburg des Geheimen Rates Neuntöter."

„Wer von denen ist unter den Tisch gesunken?"

„Tölpel."

„Ergebensten Dank, Herr Zahnreißer, Ihre Auskünfte waren wetterwendisch in ermittlungstechnischer, aber durchaus ... äh ... eminent in anderer Hinsicht. Ihr nächster Nachbar in Richtung großer Mauer ist der Wagner Abraham Schindelholz, nicht wahr?"

Doktor Rotermund bestätigte dies durch ein Nicken.

„Und der übernächste der Sargmacher Aloys Mistelzweig?"

„Ja", sagte Rotermund.

„Wie zitierte noch der Schindelholz?" sagte Zaungast, „'Laßt hier mich nicht vergeblich leiern, nur der ist froh, der geben mag ...', aber Schindelholz hat nichts zu geben, ich werde ... äh ... an seinem Hause vorübergehen. Das braucht Zeit, deswegen verschiebe ich meinen Besuch bei Aloys Mistelzweig auf übermorgen, außerdem ist er ja auch erst der Übernächste ... ah, da kommt ja meine Karre."

Ein Bauarbeiter hatte draußen vor der Tür – vom Sekretär unbehelligt – eine Schubkarre abgestellt und betätigte gerade die Türklingel.

„Herein!" grölte Zaungast. „Die Tür ist auf!" Der Kommissar überreichte dem eintretenden Bauarbeiter einen Stapel Karteikästen und befahl ihm: „In die Karre damit, die da auf dem Tisch auch, der Vorarbeiter soll die Dinger ein paar Tage für mich aufbewahren."

„Jawohl, Herr Kommissar, danke, Herr Kommissar." Der Arbeiter schob seine Frachtkarre zur paramilitärischen Baustelle.

Als Kommissar Zaungast die Praxis des Zahnreißers verließ, war es halb elf. Der Sekretär lag schmollend in seiner Hundehütte und blitzte den Kommissar aus zusammen gekniffenen Augen böse an. Zwei Häuser weiter parkte das Postauto. Zaungast hörte einen Knall, dann ein Klirren wie von zerspringendem Kristall oder Glas.

Zaungast wußte Bescheid.

Viertes Kapitel

Die Werkstatt des Sargmachers
Aloys Mistelzweig

Zappenduster wie in einem seiner Särge war es in der Werkstatt des Sargmachers Aloys Mistelzweig, dunkler noch als in der Praxis des Zahnreißers, während aber draußen die helle Morgensonne über der Pattstraße lachte. Der Sargmacher, der wie jeden Tag um diese Zeit die Ankunft des Postzustellers erwartete, arbeitete in einem gruftdunklen, fensterlosen Raum an einem schweren Eichensarg, als das Klirren von berstendem Glas ihm die Ankunft des Erwarteten signalisierte. Der etwa sechzigjährige Mistelzweig schlurfte in seinen ausgelatschten Filzpantoffeln zum Scherbenhaufen seiner gestern erst erneuerten Haustür, um die Rechnung des Glasers in Empfang zu nehmen. Das Sackleinen, das ihm als provisorischer Türersatz für seinen Hauseingang diente, hatte er bereits zur Hand genommen. Erwartungsfroh zog er es beiseite. Am Trümmerhaufen seiner zerschellten Glastür erwartete ihn jedoch eine Überraschung, denn dort stand gar nicht der von ihm vermutete Postbote.

Vor Mistelzweigs Türschwelle stand Kommissar Zaungast.

„Gestatten, Zaungast", stellte er sich grinsend vor, „Kommissar Zaungast, Morddezernat, zur Zeit in ... äh ... geheimer Mission in der Pattstraße tätig."

„Guten Tag, Herr Kommissar", erwiderte Mistelzweig, „es ist doch alles Kacke, was man Ihnen über mich erzählt hat, ja, das ganze Leben in dieser Scheiß-Straße ist eine einzige Kacke, glauben Sie mir."

„Defätismus stellt zweifellos eine gesunde Anschauung dar", meinte Kommissar Zaungast, „doch Ihr persönlicher Defätismus grenzt beinahe schon an eine gewisse Form von Denunziantentum, Denunziantentum in Tateinheit mit versuchter Beleidigung eines von höchster Stelle protektionierten Kriminalen. Wen also möchten Sie hiermit denunzieren, Mistelzweig?"

Der Sargmacher verstand wenig von des Kommissars Worten und dieses Nichtverstehen spiegelte sich auf seinem fahlgrauen Gesicht deutlich wider. Tatsächlich war die Hautfarbe des Sargmachers von einer bemerkenswerten Blässe, nicht unähnlich einer Leichenblässe, seine Augen lagen tief und ausdruckslos in ihren Höhlen und Zaungast fiel sofort auf, daß sein ganzes Gesicht einen schnüffelnden Ausdruck hatte, etwas unangenehm Hündisches. Mistelzweigs Kleidung war vom Kragen bis zur Sohle ganz in Schwarz gehalten, aber das mochte auch berufsbedingt so sein.

„Meister Mistelzweig", sagte Zaungast, „ich begehre Einlaß in deine dunklen Gemächer, Einsicht in alle deine Särge sowie Einblick in deine tiefsten Geheimnisse, anderenfalls ich ... äh ... Scherbengericht über dich halten werde."

„Kacke!" entfuhr es Meister Mistelzweig. „Entschuldigung, bitte hier entlang, Herr Kommissar", ließ er dann verlauten und schlurfte dem Kommissar voran in sein Haus. Zaungasts Schuhsohlen zertraten knirschend einige Glasscherben, als er dem Sargmacher folgte. Das ganze Haus schien merkwürdig dunkel, wie ein düsterer Kohlenkeller. Die Tür zur Toilette stand weit offen, ein übler, beißender Geruch nach Stuhl und Urin wälzte sich von dort dick und ätzend in den Flur hinein. Angewidert rümpfte Zaungast die Nase.

„Zeigen Sie mir bitte Ihre Küche, ich möchte mir zunächst Ihre Küche anschauen, Herr Mistelzweig."

„Hier links bitte, Herr Kommissar", erklärte Aloys Mistelzweig. Die beiden Männer traten in eine unglaublich verdreckte Küche, die reinste Schmutzkammer, die die

Bezeichnung Küche gar nicht verdient hatte. Trotz der Düsternis, die auch hier herrschte, war der Schmutz förmlich fühlbar, legte sich wie ein geistiger Schmierfilm auf alle Sinne. Zaungast öffnete den Kühlschrank. Ein Hauch von Verwesung wehte ihn an. Er ging von verdorbenen Lebensmitteln aus, die dort im Kühlschrank stinkend vor sich hin gammelten. Zaungast schloß die Kühlschranktür mit einem Fußtritt. Der Kommissar trat an den Küchentisch heran. Auf einer schmierigen Linoleum-Tischdecke lagen Essensreste verstreut. In der Mitte des Tisches stand eine helle, dickwandige Glasvase mit weißen Nelken, die aber längst verwelkt waren und deren Stengel in brackigem Wasser langsam vermoderten.

„Ja, sehr aufschlußreich", murmelte Zaungast, „ich möchte nun aber Ihre Werkstatt sehen, Herr ... äh ... Mistelzweig", sagte er dann.

„Verzeihung, Herr Kommissar, die Post müßte jeden Moment ..."

„Irrtum, Meister", erklärte Zaungast, „die paramilitärische Baustelle hat Anweisung, die gesamte Post, die heute in die Pattstraße geht, zu beschlagnahmen. Und nun führen Sie mich unverzüglich in Ihre Werkstatt, Mann!"

Widerstrebend fügte sich der Sargmacher dem Verlangen des Kommissars. Zaungasts Augen hatten sich mittlerweile der Düsternis angepaßt, doch als er seinen Fuß in die Werkstatt setzte, konnte er nicht umhin, zu bemerken:

„Hier ist anscheinend ein Raum dunkler als der andere. Das nenne ich vorsätzliche Verdunkelung, Mistelzweig. Ist Ihnen eigentlich klar, daß auf Verdunkelung ... äh ... Verbannung steht? Verdunkeler schicken wir über die Delbrücke, wo vieles K wie Kacke ist, da kennen wir kein Pardon." Zaungast riß ein Streichholz an und suchte an den Wänden nach einem Lichtschalter. „Ah, da ist er ja", stellte er zufrieden fest, doch als er den Schalter umlegte, da änderte sich an den Lichtverhältnissen im Raum gar nichts.

„Kacke!" entfuhr es Aloys Mistelzweig, „ich habe vergessen, die Birne zu wechseln."

„Haben Sie eine Kerze da?" fragte Zaungast.

Aloys Mistelzweig durchschritt mit traumwandlerischer Sicherheit seine verdunkelte Werkstatt, Sekunden später hörte Zaungast ihn in einer Schublade kramen, aber der Kommissar hatte auch noch etwas anderes gehört, das Knirschen von Glaspartikeln unter Mistelzweigs Schuhsohlen. Der Sargmacher trat auf Kommissar Zaungast zu, um ihm eine dicke, grauweiße Kerze zu überreichen. Zaungast roch daran und schnaubte sogleich seinen Ekel hinaus.

„Ich möchte einen meiner Schnürsenkel gegen einen soliden Galgenstrick verwetten, daß dieses stinkende Stück Wachs aus Leichenfett gegossen ist", sagte er.

Mistelzweig quittierte die Bemerkung mit Schweigen.

Zaungast riß ein weiteres Streichholz an und hielt das aufzüngelnde Flämmchen an den Docht der Kerze. Das Kerzenlicht gewährte einen schemenhaften Überblick über das Interieur der Werkstatt. „Hier, halten Sie das Ding und leuchten Sie mir", befahl der Kommissar dem Sargmacher, „ich sehe mich hier mal um." Viel gab es allerdings nicht zu sehen. Ein alter Holztisch, der Eichensarg, an welchem Mistelzweig gerade arbeitete, ein paar Werkzeuge auf dem Estrichboden und überall verstreute Glaspartikel. Das war schon alles.

„Sie scheinen mir nicht sehr produktiv zu sein, Mistelzweig", erklärte Zaungast. Dann sammelte er einige von den Glassplittern auf und versenkte sie in die Tiefen einer seiner Taschen.

„Haben Sie genug gesehen, Herr Kommissar?" erkundigte sich Mistelzweig mit vorsichtig tastendem Optimismus.

„Vorerst ja, aber zeigen Sie mir nun bitte noch Ihr Büro."

Seufzend und mit hängenden Schultern, schritt Aloys Mistelzweig dem Kommissar voran. Das Büro schien etwas freundlicher gestaltet, war auch ein wenig heller als die anderen Räume, denn es hatte immerhin ein kleines Fenster zum Hinterhof hinaus. Dieser Eindruck von Wohnlichkeit stellte sich wenigstens beim Eintretenden auf den ersten Blick ein. Auf den zweiten Blick jedoch offenbarte auch dieser Raum eine Anzahl kleiner Unappetitlichkeiten. Auf dem Schreibtisch gewahrte Zaungast neben einem Wust von Papier einen Aschenbecher randvoll mit Zigarettenstummeln und Zahnstochern. An einigen dieser Zahnstocher hafteten noch Essensreste, auf andere waren tote Fliegen aufgespießt, und alle diese Zahnstocher waren in der Mitte durchgebrochen. Rechts neben dem Fenster hing ein Setzkasten mit Miniaturen an der Wand. Zaungast trat näher heran, zog die dicke vergilbte Gardine ein wenig vom Fenster zurück und besah sich die Miniaturen genauer. Es waren ausnahmslos ekelerregende Dinge, die in den Fächern des Setzkastens zur Schau gestellt waren; totes, vertrocknetes Gewürm; kariöse Zahnruinen, von Doktor Rotermund aus Schand- und Lügenmäulern extrahiert; ein Fingerhut voller toter Fliegen; gestaltlose, übelriechende Unförmigkeiten undefinierbaren Ursprungs; menschliche Haut- und Gewebefetzen sowie andere Abscheulichkeiten, die zu bestimmen und zu klassifizieren Kommissar Zaungast weder Muße noch Verlangen hatte. Er wandte sich von der seltsamen Miniaturen-Ansammlung ab und sandte seinen Blick zum Fenster hinaus. Im Hof war ein enormer Scherbenhaufen aufgeschichtet, weißes Glas wie von Fenstern oder Glastüren.

„Das Glas geht zusammen mit den Särgen nach Indien", erklärte der Sargmacher, ohne eine diesbezügliche Frage des Kommissars abzuwarten. „Einige Fakire aus Kalkutta und Benares zählen seit Jahren zu meinen treuesten Stammkunden. Sie legen sich in einen mit Glasscherben gefüllten Sarg, um sich dann darin lebendig begraben zu lassen."

Zaungast schüttelte ungläubig lächelnd den Kopf. „Selbst die Wunder, die von Indiens heiligen Männern der Überlieferung nach vollbracht wurden oder noch werden, sie verblassen angesichts der Seltsamkeiten und Wunder, welche die Pattstraße samt ihren Bewohnern zu bieten hat. Diese sogenannten Wunder sind aber wie alle sogenannten Wunder nichts anderes als noch nicht ... äh ... enttarnte Lügen. Aber ich gehe noch einen Schritt weiter, indem ich den Gegensatz von Lügen und Wahrheiten negiere, die sogenannten Wahrheiten nämlich sind ebenfalls nichts als noch nicht enttarnte, jedoch von selbsternannten, beziehungsweise vom Pöbel ernannten Autoritäten beglaubigte ... äh ... Lügen. Abgesehen davon, ob Sie nun die eine oder die andere Form der Lüge wählen, mich können Sie nicht täuschen, Mistelzweig."

Aloys Mistelzweig fischte einen hölzernen Zahnstocher aus einem Spender, fuhr sich ein paar Mal damit unter dem Daumennagel her und knickte ihn in der Mitte durch.

Zaungast setzte sich auf die Schreibtischkante und bedeutete dem Sargmacher durch ein Handzeichen, auf einem hölzernen Schemel Platz zu nehmen.

„Sie entstammen einer zutiefst schizogenen Familie, Herr Mistelzweig", sagte Zaungast, „die ganze Pattstraße ist ein extrem schizogenes Pflaster. Und irgendwie scheint es, daß ihr Pattfüße alle einer großen kaputten Familie angehört. Fragt sich nur, wer das Oberhaupt dieser verruchten Sippschaft ist. Sie, Herr Mistelzweig, Sie sind es gewiß nicht."

„Herr Kommissar, wenn Sie mir vielleicht erklären wollten ...", stammelte Mistelzweig und brach einen weiteren Zahnstocher entzwei.

Zaungast sah keinen Erklärungsbedarf, er beugte seinen Oberkörper etwas nach vorne und entdeckte unter dem Schreibtisch einen mit Altpapier vollgestopften Papierkorb aus Bast, dem er nun seine Aufmerksamkeit schenkte. Der Kommissar schüttete den Inhalt des Papierkorbs auf den Fußboden. Unzählige Schnipsel flatterten auf den Estrich herunter. Was Zaungast sofort ins Auge stach, waren die aus Zeitungen oder Zeitschriften ausgeschnittenen Bilder von Personen prominenten Charakters, denen Arme, Köpfe und Beine abgetrennt waren.

Der Sargmacher hatte diese sowohl entleerende, als auch enthüllende Maßnahme des Kriminalen mit einem weiteren „Kacke" kommentiert.

„Der Geist der Nekrophilie spricht nicht nur aus deinen Särgen, Sargmacher", erklärte Zaungast, „er spricht auch aus deinem Mund, aus deinem Papierkorb, und er herrscht vermutlich auch in deiner Bibliothek." Kommissar Zaungast schritt langsam auf ein Bücherregal zu, wo er die einschlägigen Werke der Anatomie, Pathologie, Psychiatrie und Chirurgie vorfand, aber auch Bände über Mystik, Sexualwissenschaften und Kriminalistik. Zaungast griff einen beliebigen Band heraus, pustete eine Staubwolke in den Raum und las den Titel laut vor.

„Ein Kind mordet – der Fall Mary Bell."

Aloys Mistelzweig hustete.

„Ich kenne den Fall Mary Bell nicht", sagte Zaungast, „nie von einer Person namens Mary Bell gehört. Aber ich kannte da mal eine Mary Piss, eine üble Giftmischerin, die sich darauf spezialisiert hatte ... äh ... Ärzte zu vergiften, Urologen. Nun ja, es liegt schon ein paar Jahre zurück. Wir haben sie damals hops genommen, der Schwanz und ich, nachdem sie zu weit gegangen war und ihren Wellensittich vergiftet hatte. Er hieß übrigens Zilpzililpzilolzililp, nein ... äh ... Zilpzilipzilopzililp, der arme Kerl. Die ganze Stadt hat wochenlang um ihn getrauert, auf dem Ornithologenkongreß hat man drei Tage lang über Zilpzililpzilolpzillip und sein gewaltsames Ableben diskutiert und ... äh ... aber warum erzähle ich Ihnen dies alles, Sie werden sicherlich von dem Fall Mary Piss gehört haben, Herr Mistelzweig."

„Tut mir leid, nein", versetzte Mistelzweig mißmutig.

Zaungast ging nun in die Hocke und wühlte mit seinen großen Händen in den Papierschnipseln. Dann verlangte er eine Schere vom Sargmacher. Zaungast sichtete und ordnete, faltete und zerschnitt kleine Papierfetzen, über eine Stunde verbrachte er zu Mistelzweigs Leidwesen mit dieser unverständlichen Tätigkeit. Dann begab er sich mit seinem Schnipselsalat zum Schreibtisch und begann damit, ein Buchstabenmosaik zu legen. Der Sargmacher schaute ihm verständnislos dabei zu.

„Wie lange wollen Sie meine Zeit noch in Anspruch nehmen, Herr Kommissar?" fragte er.

„Solange es mir beliebt", entgegnete Zaungast. „Des weiteren beliebt es mir, Sie jetzt in den Zeugenstand zu erheben, Herr Mistelzweig. Ich mache Sie nämlich zum Zeitzeugen einer ermittlungstechnischen Pionier- und Glanzleistung."

„Meine Interessen liegen eigentlich auf anderem Gebiet", äußerte Mistelzweig ungeduldig.

„Das weiß ich, doch es geht hier nicht um Ihre Interessen", wies ihn Zaungast zurecht, „also schweigen Sie und lauschen Sie mit ... äh ... Andacht meinem semantisch-literarischen Mosaik, einem Musterbeispiel kriminalistischer Akribie."

Aloys Mistelzweig verschränkte die Arme ineinander und rutschte nervös auf seinem Schemel hin und her. Kommissar Zaungast aber begann wie folgt zu sprechen:

„Wer darf ihn nennen? Gezeugt und geworden aus fatumbeladenem Seitensprung hominiden Geschlechts. Nachtschattengewächs ureigenster Prägung. Wer darf ihn kennen? Groß Hans des Hexeneinmaleins, Seismos des Ungestalten. Wer? Doch nur wir, die ihm dienen, urweltliche Viecher paramilitärischer Prägung, Gaukler der unerschöpflichen Vielfalt, Hans Liederliche der Labyrinthe, Perückenmacher in zweiter Generation. Die schwarze Variante unseres allgegenwärtigen, wunderbaren Heldenherrn windet sich am Ende des jahrhundertelangen roten Fadens bereits in Agonie, Zacken aus Kristall und Karfunkel blitzend aber wankend in der Krone. Der heilige Bronnen aber verwehrt uns noch des Rätsels Lösung. Ernst zu nehmende Elemente in Festungsanlagen, Wallanlagen, in Brunnen, Schächten, hinter Mauern und Zäunen, zum Leben erweckte Exponate aus der Werkstatt des anthropologischen Schnitzers rebellieren; Irrlichter flackern ihnen voraus, flackern auch unter Dachverglasungen, unter Vollverglasungen, am Leben gehalten von lebendig gestalteten Mumien, Engeln, Elfen, zwei Raben, einem Nilpferd, neun Elefanten. Die Form zerfließt im Mülleimer der Evolution, da, wo bräunlich rote Flecken sprossen, da, wo formlose Bedrohung herrscht. Es mahnen geknotete Spaten, Schaufeln, Hacken. Und Formloses schachtet endlich dem Kaiser sein Grab hinter den täuschend echten Mauerresten. Vasallen, Kosmopoliten, gescheiterte Revolutionäre, Judasse, die Verrat an sich selbst üben, derweil der so dringend Gesuchte unermüdlich nach dem Wagnermeister fahndet, dessen rollender Tatzelwurm ihn – umgewandelt, verwandelt und von tanzenden Flämmchen eskortiert – im offenen Glaswagen sicher zum Mittelpunkt des Seins leiten soll. Da ist's vorbei, als wär es nicht gewesen."

Kommissar Zaungast ließ seinen Blick sinken und schwieg sichtlich beeindruckt von seinen eigenen Worten.

„Der Wagner Abraham Schindelholz", sagte der Sargmacher erbleichend.

„Das habe ich nicht behauptet", meinte Zaungast mit triefender Häme in den Mundwinkeln. „Die Quintessenz aber, die folgt nun erst, und die ist nicht aus Papierschnipseln gewachsen, sondern aus zaungastiger Denk- und Sichtweise. Heilige Mutter der Schablonen!" hub Zaungast an zu schreien, „in lethargischem Wahnsinn Befangene ... vom Großen Unförmigen geküßt ... wie aus tausendjährigem Schlaf erweckt ... in den hysterischen Wahnsinn ... schreiend hineingestolpert."

„Der Puppenspieler", sagte Mistelzweig abermals erbleichend.

„Pankratius Pisspoppen", nahm Zaungast die Vorlage auf, „Puppenspieler, Schnitzer und Perückenmacher, eigentlich Piss-Poppen, der einstige Gemahl der fürchterlichen Mary Piss."

„Ich hatte keine Ahnung", stammelte Aloys Mistelzweig.

„Ich auch nicht", räumte Kommissar Zaungast ein.

„Aber Herr Kommissar ..."

„Keine falsche Bescheidenheit, Herr Mistelzweig. Mich können Sie nicht ... äh ... täuschen. Sie mögen es versuchen, aber die gläserne Tür, die zum gläsernen Menschen führt, der in seinen gläsernen Sarg steigt, dies alles ist viel zu durchsichtig, Sie können damit Ihre Geheimnisse nicht kaschieren. Vielen Dank für die glasklaren Informationen, Mistelzweig. Paradoxerweise hat ausgerechnet Ihr nekrophiler Dunkelsinn Licht in eine Schattenwelt geworfen, deren dumpfe Düsternis mir über lange Zeit undurchdringlich schien. Sie haben nicht nur Illustrierten zerstückelt, Meister Mistelzweig, sogar im Faust, in Goethes Faust haben Sie gefrevelt, Sie verfügen zweifellos über einen ... äh ... oral-sadistischen Charakter. Haben Sie Frau und Kinder?"

„Eine Frau ja, Kinder nein", gab der Sargmacher bereitwillig Auskunft über seine Familienverhältnisse.

„Wo ist Ihre Frau? Kann ich sie sprechen?" fragte Zaungast.

„Sie ist im Wandschrank, Herr Kommissar, aber bemühen Sie sich nicht, sie spricht nicht viel", erklärte der Sargmacher.

„Im Wandschrank?" Zaungast schien nicht einmal überrascht. „Führen Sie mich zu ihr, Herr Mistelzweig."

„Ja, hier entlang bitte, Herr Kommissar."

Im Hausflur, links von der Toilette, befand sich ein weiß lackierter Wandschrank mit großem Vorhängeschloß. Zaungast stieß mit dem Fuß gegen die Toilettentür, um den beißenden Fäkalien- und Uringestank zu mildern. Dann pochte er gegen die Schranktür.

„Hallo, Frau Mistelzweig, hören Sie mich?" fragte Zaungast laut vernehmlich.

Er bekam keine Antwort.

„Ist Ihre Frau schwerhörig? Scheint wohl in der Familie zu liegen. Nun schließen Sie schon auf, Mistelzweig!"

Der Sargmacher zog einen Schlüsselbund aus der Hosentasche und öffnete das Vorhängeschloß. Dann zog er langsam die Tür auf. Zaungast starrte in den Wandschrank. Zwei vorgewölbte Augen, rund und groß wie Tennisbälle, starrten zurück, ein unglaublich breiter aber sichelschmaler Mund grinste ihn an. Nach einer Nase hielt Zaungast in diesem Gesicht vergeblich Ausschau.

„Meine Frau", erklärte der Sargmacher stolz.

„Dieses Ding da!?" schrie Zaungast unbeherrscht, „das ist ein Roboter und keine Frau. Wollen Sie mich verarschen, Mistelzweig? Muß ich Ihnen erst Mores einbläuen, Scheißkerl?"

Aloys Mistelzweig blickte verschämt auf seine Fußspitzen herunter.

„Wissen Sie was, Mistelzweig", sagte Zaungast, „ich lasse Ihr Haus mitsamt der Werkstatt abreißen. Und dazu brauche ich nicht einmal einen Bagger. Der Vorarbeiter von der paramilitärischen Baustelle ist in der Lage, die Abrißbirne mit bloßen Händen zu schwenken, zu schwingen, zu ... äh ... handhaben."

„Herr Kommissar, das können Sie nicht machen", winselte Mistelzweig.

„Ich kann!" versicherte Zaungast, „und ich werde, es sei denn, Sie präsentieren mir heute noch den gläsernen Sarg."

„Radebrecher hat mich verraten", preßte Mistelzweig zwischen zusammen gebissenen Zähnen hervor.

„Und aus Rache haben Sie dann den Faust zerrupft", sagte Zaungast hohnlächelnd, „und sich selbst und obendrein Ihren Herrn und Obermeister dadurch verraten." Zaungasts Lächeln mauserte sich zu einem herzerfrischenden Lachen. „Nein", prustete er, „der Professor hat Sie nicht verraten. Und nun decken Sie Ihre Karten auf, Meister!"

Der Sargmacher Aloys Mistelzweig röchelte ganz entsetzlich, spie angedautes Mus auf den Fußboden, würgte seinen Kehlkopf nach oben bis er ihm auf der Zunge lag, die ihn sodann bis auf seine Nase weiter beförderte. Zaungast konterte mit zwei Suppenlinsen, die er sich auf die Pupillen setzte, Mistelzweig würgte seinen Magen hoch, bis er ihm den Mund verstopft hatte. Er konnte nicht mehr sprechen.

„Auf Wiedersehen, Herr Mistelzweig", sagte Zaungast, „ich weiß nicht, wen Sie decken wollen, werde es aber schon bald herausfinden." Zaungast verließ die Werkstatt des Sargmachers, derweil Herr Ammerkamp, der Glaser, an diesem Tag vergeblich auf einen neuen Auftrag seines Stammkunden wartete.

An der paramilitärischen Baustelle wurde gerade exerziert, als der Kommissar dort eintraf. Laut hallten die Kommandos des Vorarbeiters durch die Pattstraße. Zaungast wartete, bis das Tohuwabohu der fliegenden Werkzeuge sein vorläufiges Ende gefunden hatte, wonach – wie nach jedem Exerzieren – die Hälfte der Bauarbeiter ihre davongetragenen Blessuren behandeln mußte.

„Gut gemacht!" lobte Kommissar Zaungast und schüttelte die Hand des Vorarbeiters so intensiv, als hantiere er mit einem Pumpenschwengel. „Ist die Abrißbirne gefechtsklar?" fragte er.

„Selbstverständlich, Herr Kommissar", strahlte der Vorarbeiter, „darf ich endlich ..."

„Nur ein wenig Geduld noch, Herr Schachtmeister", vertröstete ihn Zaungast, „aber der Zeitpunkt ist nicht mehr weit. Obwohl die ... äh ... große Mauer werden wir eher noch nicht stürmen können, vielleicht aber die Werkstatt des Sargmachers. Wenn jemand Kommissar Zaungast den Türklopfer hinhält, dann nimmt er gleich die Abrißbirne." Zaungasts Zwerchfell krampfte sich in ein Lachen hinein und löste sich Augenblicke später in spiegelglatter Zufriedenheit. „So, das hätten wir", meinte er.

„Wie steht es um Ihre Ermittlungen, Herr Kommissar?" erkundigte sich der Polier.

„Vorzüglich, Schachtmeister, schauen Sie, der Sargmacher Aloys Mistelzweig wollte entweder seinen Kumpan, das Nilpferd decken, oder aber er selbst ist das Nilpferd. Oder er wollte nur ablenken, um eine gründlichere

Befragung oder Durchsuchung seiner Werkstatt zu verhindern. Und dort vermute ich einen doppelten Boden, vielleicht auch geheime Hohlräume in den Wänden."

„Meine Abrißbirne wird seine Geheimnisse schon ans Tageslicht bringen", meinte der Schachtmeister.

„Wir wollen es hoffen", sagte Zaungast, „so, und nun möchte ich noch ein Bad nehmen im ... äh ... geheimen Vermutloch. Ist genügend Wasser vorhanden?"

„Ja, Herr Kommissar."

Zaungast stieg, so wie er war, mitsamt Anzug und Schuhen, in das etwa ein Meter und fünfzig tiefe geheime Vermutloch, das zu zwei Dritteln mit Wasser gefüllt war. Die Arbeiter grölten vor Begeisterung, sie stampften mit den Füßen, prügelten mit ihren Werkzeugen die frisch aufgeworfene Erde, daß es zu einem schrecklichen Massaker an dem darin krauchenden Gewürm kam.

„Der Kommissar!" brüllte der Schachtmeister mit schier überschnappender Stimme, „es lebe der Kommissar!" Dann schickte er den Brunftschrei des schwarzen Brüllaffen hinterher.

Der Kommissar aber planschte höchst vergnüglich im Wasser, brachte seinen Kopf unter die Wasseroberfläche, zwei Minuten, drei Minuten, vier Minuten, daß die Bauarbeiter bereits fürchteten, er müsse ersticken oder ersaufen, bis er dann doch endlich prustend hochkam, aus dem Loch stieg, sich schüttelnd Myriaden von Tropfen entledigte, um schließlich reglos und stumm in einer Art Kampfstierpose zu verharren.

„Bravo, bravo, Herr Kommissar!" tobten die Bauarbeiter.

Zaungast löste sich aus der Starre. „Ich hasardiere!" schrie er. Dann zwängte er seine gewaltige Körperfülle in eine nahebei stehende Schubkarre und fuchtelte wild mit den Armen.

Der Vorarbeiter reagierte geistesgegenwärtig und blitzartig, einfach vorbildlich, faßte mit seinen großen, schwieligen Händen die beiden Holzgriffe der Schubkarre und stob mit seinem gewichtigen Passagier Richtung Stadtmitte davon.

„Ich hasardiere!" hörten die hellauf begeisterten Bauarbeiter den Kommissar noch einmal schreien, bevor er ihren bewundernden Blicken entschwunden war.

Fünftes Kapitel

Der Puppenspieler Pankratius Pisspoppen

Pankratius Pisspoppen, Puppenspieler, gleichzeitig auch Schnitzer und Perückenmacher, empfing den Kommissar standesgemäß mit einer Handpuppe auf der rechten Faust, die linke dagegen hatte er tief in seiner Hosentasche vergraben.

„Guten Tag, Herr Kommissar", grüßte er mit verstellter Stimme und ohne den Mund dabei zu bewegen, während er seine Puppe eine an den Kommissar gerichtete, kokettierende Geste ausführen ließ. „Kennst du mich?"

„Der Doktor Faust", sagte Zaungast mit gründelndem Baßton, „doch wenn mich nicht alles täuscht, dann war dies eindeutig die Stimme des ... äh ... Höhlenfaustes. Jawohl, Pisspoppen, laß deine Puppen nur sprechen, doch Kommissar Zaungast, der läßt die Puppen tanzen. Und ich schlage vor, wir lassen sie zum wimmernden Geleier eines Werkels tanzen."

„Willkommen, Herr Kommissar", sagte Pankratius Pisspoppen nun mit unverstellter Stimme, „treten Sie ein in die gute Puppenstube, in eine Welt voller Wunder."

„Vom Sargmacher zum Puppenschnitzer", sagte Zaungast gelangweilt", von einer Welt des Hölzernen und Toten in eine andere Welt des Hölzernen und Toten."

„Meine Puppen sind das einzig Lebendige in dieser toten Straße!" meinte Pisspoppen protestierend. „Herr Kommissar, erlauben Sie, daß ich sie Ihnen vorstelle?"

„Ich bitte sehr darum", sagte Zaungast.

„Dann, bitte schön, folgen Sie mir in die Requisitenkammer." Der Puppenspieler zog seine Hand aus der Tasche, sie steckte bis zum Handgelenk in einem dicken

Gipsverband. Auf seine rechte Hand war immer noch der Kopf des Doktor Faust gepfropft. Die sogenannte Requisitenkammer entpuppte sich als eine Rumpelkammer des sich selbst verwaltenden Chaos.

„Gestatten, Faust, Doktor Faust", verneigte sich die Puppe auf Pisspoppens Hand vornehm vor dem Kommissar.

„Tag", sagte Zaungast, „was macht die Drehorgelspielerkunst, altes Haus?"

„Ich nichts wissen, Herr Kommissar."

„Lebt die Mütter der Fäuste denn noch?" fragte Zaungast.

„Faust nicht wissen, Faust nicht kennen", kam die im Tonfall eines Bauchredners hervorgebrachte Antwort.

Pankratius Pisspoppen wandte sich plötzlich um und drehte dem Kommissar den Rücken zu. Als er sich dem Kriminalen wieder zugewandt hatte, steckte eine andere Puppe auf seiner Hand, eine Puppe in Polizeiuniform mit weißer Schirmmütze und einem Stern daran.

„Guten Tag, Herr Kollege", grüßte eine Stimme, deren Klangfarbe und Tonfall, trotz der Verzerrung durch Pisspoppens Kehlkopf, dem Kommissar sogleich bestens bekannt vorkam. Der Schlitz für den Groschen stand weit offen, Zaungast brauchte auch nicht lange zu überlegen, dann fiel der Groschen.

„Wer will mich hier verkalauern?" sagte er drohend, „ein vorlauter, naseweiser Puppenspieler, der mit dem ... äh ... Feuer spielt, oder Kollege Kalauer aus Hohlwangen?"

„Ich nicht kennen Kollege Kalauer", erwiderte der Pappmache-Polizist gestikulierend.

„Du bist ein Lügner!" erklärte Kommissar Zaungast.

„Ich nix Lügner, ich Kollege."

„Alle Polizisten sind Lügner", behauptete Zaungast. „Nur Anwälte und Ärzte lügen noch häufiger und dreister, mal abgesehen von den professionellen Lügnern, den ... äh ... Politikern. Kennen Sie den Kundschafter Ammerkamp, den Glasermeister?"

„Ich nicht kennen", wisperte die Puppe.

Zaungast war drauf und dran, der Puppe den Kopf abzureißen, was der Puppenspieler irgendwie geahnt haben mußte, denn er wich plötzlich zwei Schritte zurück, drehte sich um, wandte sich dann wieder dem Kommissar zu, wobei er aber gebührenden Abstand hielt. Die Puppe auf seiner Hand hatte er abermals gewechselt und gegen eine andere, ein Weibsbild ausgetauscht.

„Ich bin das Gretchen, Herr Kommissar", flüsterte eine sanfte, Zaungast aber unbekannte Frauenstimme.

„Das weiß ich", sagte Kommissar Zaungast, „aber was weißt du? Sag mir nicht, wie du heißt, sag mir vor allem, was du weißt, Gretchen. Sag mir alles, was du weißt!"

„Ich nix wissen, ich dummes Gretchen", bekam der Kommissar zur Antwort.

„Du hast es faustdick hinter den Ohren", behauptete Zaungast. „Wer, verdammte Tat, ist der oder die dritte von links in der Ahnengalerie der verdammten Vasallensippschaft?" verfiel er dann in hemmungsloses Gebrüll.

„Ich nicht kennen", antwortete das Püppchen, aber Zaungast registrierte einen plötzlichen Umschwung in der Stimme, eine aus Angst und Vorsicht geborene, flatterhafte Unsicherheit.

„Verbindlichen Dank", sagte Zaungast mit einem Neigen des Kopfes, „und nun möchte ich Ihren Mephisto kennenlernen, Herr Puppenspieler."

„Mephistopheles wird es ein Vergnügen sein", erklärte Pisspoppen schmunzelnd.

„Das wird sich zeigen", grollte Zaungast.

Wieder wandte sich der Puppenspieler ab, um, vom Kommissar unbemerkt, die Puppen zu wechseln, was diesen zu der Bemerkung veranlaßte:

„Was kramen Sie dort im Geheimen? Sind Sie etwa ein Geheimniskrämer? Wissen Sie nicht, was auf Geheimniskrämerei steht, Pisspoppen? Darauf steht Verbannung. Geheimniskrämer schicken wir über die Delbrücke, da wo die Strunzen am strunzigsten sind."

Pisspoppen überging Zaungasts Bemerkung unkommentiert und ließ den Mephistopheles sprechen:

„Habe die Ehre, Herr Kommissar, ich alles wissen, du Seele verkaufen, ich alles sagen."

Zaungast erkannte in der Stimme auf Anhieb diejenige Professor Tropfsteins wieder, eines zwielichtigen Seelendoktors, Dermatologen und Hals-, Nasen-, Ohrenheilkundlers, mit dem er sich in einem früheren Fall einmal näher zu befassen hatte.

„Mephistopheles, Sie sind verhaftet", ließ Zaungast nun mit aller Strenge verlauten.

„Mit welcher Begründung?"

„Versuchte Bestechung eines ... äh ... Kriminalen." Zaungast bewegte sich drohend auf den Puppenspieler zu.

„Nein, Herr Kommissar ... bitte ... nicht den Mephisto! Panik stand in den Augen des Puppenspielers, als er in weinerlichem Tonfall diese Worte hervorstieß.

„Ich gewähre ihm Haftaufschub gegen gewisse ... äh ... Informationen", bot der Kommissar an.

„Der dritte von links, sagten Sie?" stotterte Pankratius Pisspoppen.

„Ja!" brüllte Zaungast.

„Eine Frau, Herr Kommissar, es ist eine Frau und sie weilt noch unter uns Lebenden. Zornelia von Vasall, angetraute Gemahlin des Vasallenfürsten Reginald Rex Corbinus von Vasall, die anrührendste, aufrührendste aber auch aufrührerischste und rührigste unter allen Frauen. Sie war mal bei mir in der Lehre, in der Puppenmacher-Lehre. Ihr Spezialgebiet waren anthropomorphe Puppen, Zornelia von Vasall verstand oder versteht darunter Puppen aus künstlichen Materialien, die aber mit Bestandteilen des menschlichen Körpers veredelt werden. Ihren eigenen Kindern hat sie zum Beispiel mit einer Zange die Fuß- und Fingernägel herausgerissen, um sie dann an ihren Puppen anzubringen. Bei sich selbst hat sie die Haare im Genitalbereich abrasiert, um sie ihren Puppen anzukleben. Die meisten ihrer menschlichen

Präparate holte und holt sie sich aber von toten Körpern, von Leichen. Sie soll sogar Gräber geschändet und gemordet haben, um sich in den Besitz derartiger Materialien zu bringen." Der Puppenspieler hatte dies alles nervös und eilig heruntergehaspelt und hielt nun erschöpft inne.

„In was für eine perverse Straße hat es mich da nur verschlagen", murmelte Zaungast angewidert. „Immerhin, diese Information rechtfertigt meines Erachtens den Haftaufschub für den ... äh ... ehrenwerten Herrn Mephistopheles. Allerdings möchte ich, daß Sie mir Ihre anderen Puppen nun auch noch vorstellen, Herr Pisspoppen."

Und wieder kramte Pisspoppen im Geheimen, um unbeobachtet seine Puppen auszutauschen.

„Guten Tag", sagte eine greise Stimme, „ich bin die Kräuterfrau Rebecca Toxikotissa."

„Eine Hexe bist du!" fuhr Zaungast die Puppe an, „denn du sprichst mit der gespaltenen Zunge der hinterhältigen, übelwollenden Futuria Prophetissa."

„Ich nicht kennen", lautete die stereotype Antwort, derer sich alle Puppen bisher befleißigt hatten.

„Bring Licht in das faustische Dunkel oder ich reiße dir den Kopf ab!" drohte Zaungast. „Wer ist Faust eins, wer Faust zwei, welcher von beiden ist der Urfaust? Oder ist es gar ein dritter? So sprich, alte Strunze!"

„Ich nicht wissen", kam die Antwort nun verstohlen leise.

Bevor Zaungast seine gegen den Kopf der Puppe gerichtete Drohung wahr machen konnte, hatte der Puppenspieler die Kräuterhexe schon wieder gegen eine neue Puppe ausgetauscht, einen König oder Kaiser, worauf jedenfalls die Krone hindeutete, die den Kopf der Puppe zierte, eine Krone allerdings, die absolutistischen Herrscheransprüchen eines Kaisers schon rein äußerlich wenig gerecht wurde, da ihr nämlich eine Zacke fehlte.

„Erweisen Sie seiner Majestät, dem Kaiser, die ihm gebührende Ehre", sprach Pisspoppen mit unverstellter Stimme.

„Diesem Hanswurst, diesem anmaßenden Marionetten-kaiser von Pisspoppens Gnaden!" empörte sich Zaun-gast lautstark. „Huldigungen aus Kommissar Zaungasts Mund sind nur sehr schwer zu ... äh ... erlangen, schwe-rer, als einen Eiszapfen aus dem Krater des Vesuvs zu pflücken. Wer ist der Revolutionär, der dir die Zacke aus der Krone geschlagen hat? Sag es mir, du Komiker von einem Kaiser, du, auf daß ich ihm meine Aufwartung ma-chen kann."

Im Gegensatz zu seinen Puppenbühnenkollegen und Kolleginnen blieb seine Majestät, der Fehlgezackte, stumm wie der sprichwörtliche Fisch.

„Ich glaube, seine Majestät ist ein wenig verärgert", kommentierte der Puppenspieler Pankratius Pisspoppen das Schweigen seines Kaisers.

„Da spielt der Kerl auch noch die beleidigte Leber-wurst", sagte Zaungast kopfschüttelnd und hielt plötzlich inne. Und während der Kommissar so einem unverhofft in sein Bewußtsein eingetretenen Gedanken nachging, wechselte der Puppenspieler erneut die Puppen, wobei er diesen Vorgang abermals durch eine geschickte Hal-tung seines Körpers vor den Blicken des Kommissars zu verbergen wußte. Und dieses Mal präsentierte er eine Puppe mit einer ganz exorbitant abstoßenden Visage.

„Judas!" kam es wie ein Fluch über Zaungasts Lippen. Sowohl in den stimm- als auch in den meinungsbilden-den Organen des Puppenspielers schien es plötzlich ein Kompetenzgerangel zwischen einander widerstreitenden Kräften zu geben, denn Zaungast vernahm ganz deutlich ein Stimmenwirrwarr aus Pisspoppens Bauch und Ra-chen, einen Wettstreit von mindestens zwei oder drei un-terschiedlichen Stimmen, die sich in gegeneinander ge-richteten Bestrebungen alle um klare Artikulation bemüh-ten. Heraus kam zunächst ein Krächzen, das weder Kon-sonanten noch Vokale verlautbaren ließ, allmählich schälten sich dann aber Vokale aus dem Lautbrei her-aus, zu denen sich nach und nach auch Konsonanten gesellten, bis Um- und Selbstlaute sich schließlich zu klar verständlichen Worten arrangierten; zu Worten, die den Kommissar unangenehm anrührten.

„Der Verräter grüßt den Verräter!" schallte es heraus, nachdem das Kompetenzgerangel widerstreitender Stimmen endlich beendet schien. Doch nicht der Bedeutungsinhalt des Wortes, vielmehr das auffällige Timbre der Stimme war es, was beim Kommissar die Lohe der Empörung aufflammen ließ, war es doch unverkennbar seine eigene Stimme, die da gerade zu ihm gesprochen hatte.

„Judas, ich verhafte dich wegen Beamtenbeleidigung einhergehend in Tateinheit mit ... äh ... Amtsanmaßung!" stieß Kommissar Zaungast ingrimmig hervor.

Der Judas wollte sich durch einen Kopfsprung in Pisspoppens Hosentasche dem Zugriff des Kommissars entziehen, und auch sein Mentor und Ziehvater kam ihm augenblicklich zu Hilfe, indem er einen Schritt zurückwich und dem Kommissar eiligst ein Geschäft offerierte.

„Freiheit gegen Information, Herr Kommissar", sagte Pisspoppen erregt, diesmal wieder mit unverstellter Stimme.

Zaungast ging mit sich zu Rate. Waren am Ende die Äußerungen des Puppenspielers gar nicht seinem eigenen Denken entwachsen? Sprach vielleicht ein ganz anderer aus ihm, beziehungsweise aus seinen Puppen? Derjenige etwa, der auch durch die drei Medien des literarischen Stammeltisches gesprochen hatte?

„Was hast du zu bieten, Hund?" schnaubte Zaungast.

„Mistelzweig und Zornelia von Vasall sind Komplizen, Herr Kommissar."

„Und worin besteht diese ... äh ... Komplizenschaft?"

„Im illegalen Handel mit Leichenteilen, Herr Kommissar. Es gibt in der Stadt eine Tauschbörse für Leichenteile, mißgebildete Tiere und Menschen, fehlentwickelte Embryonen und anderen scheußlichen, abstoßenden Dingen. Niemand außer wenigen Eingeweihten weiß davon, und die Behörden ahnen nicht einmal etwas. Aber dies ist eine streng vertrauliche Information, Herr Kommissar, ich muß Sie inständigst bitten ..."

„Woher haben Sie diese Information?" unterbrach ihn Zaungast.

„Von der Vasallin Zornelia. Ich habe zufällig ein Telefongespräch mitangehört, wo sie sich mit Mistelzweig über dieses Thema unterhalten hat."

„Interessant", meinte Zaungast, „und was konnten Sie diesem Telefongespräch sonst noch alles entnehmen?"

„Nur vage Andeutungen, Herr Kommissar, es war, glaube ich, unter anderem die Rede von einem gewissen Neunauge, vielleicht habe ich das aber auch falsch verstanden und gemeint war der Geheime Rat Neuntöter hier in unserer Straße."

„Mir wurde berichtet, daß in Neuntöters Kosmopolitenburg unter anderem Gesocks auch die drei Strohpuppen vom literarischen Stammeltisch logieren", sagte Zaungast.

„Sie meinen Teipel, Tölpel und Teufel, Herr Kommissar?"

„Ja, sind das ... äh ... Artefakte aus Ihrer Werkstatt?"

„Ja, Herr Kommissar, Teipel und Tölpel sind sogar ganz allein meine Geschöpfe, beim Teufel hat Zornelia von Vasall mit Hand angelegt."

„Besten Dank, Puppenspieler, für Ihre Auskünfte. Ich weiß Ihre kooperative Haltung zu schätzen, im Gegensatz zu der ... äh ... Verlogenheit Ihrer Puppen. Doch deren Lügen waren immerhin richtungsweisend. Alles in allem hat mich der Besuch Ihrer Puppenwerkstatt einen großen Schritt vorangebracht. Aber ich bin noch nicht ganz fertig mit Ihnen. Sie waren früher einmal verheiratet?"

„Ja, Herr Kommissar."

„Mit Miss Mary Piss?" fragte Zaungast lauernd.

„Wie bitte? Nein, mit Tamara Hallmich."

„Mit der Frau des Alchimisten?"

„Ja."

„Sind Kinder aus dieser Verbindung hervorgegangen?"

„Gottlob nicht, Herr Kommissar, aber ... unter uns gesagt, Herr Kommissar, aus der Verbindung von Tamara
Hallmich mit Hannibal Hallmich ist etwas hervorgegangen, etwas schier Unglaubliches ..."

„Nun kommen Sie schon raus damit!" drängte Zaungast.

„Ein Homunculus", erklärte Pisspoppen.

„Unmöglich!" sagte Zaungast spontan, „ein künstlich
erzeugter Mensch in ... äh ... Miniaturausgabe? Wollen
Sie das damit sagen? Wollen Sie das allen Ernstes behaupten?"

„Ja", versetzte der Puppenspieler, „ich habe ihn mit eigenen Augen gesehen."

„Wie groß ist dieser Kobold?" fragte Zaungast.

„Etwa so groß wie mein Daumen."

Kommissar Zaungast fühlte sich an eine Erzählung von
Fritz Leiber erinnert, die er vor Jahren einmal gelesen
hatte: ‚Die Macht der Puppen'. Ein irrwitziger Verdacht
schälte sich aus Zaungasts Unterbewußtsein. Er schaute
auf den Gipsverband des Puppenspielers und von da auf
Pisspoppens rechte Hand, worauf immer noch der Papp-
mache-Judas saß. Zaungast bevorratete seine Lungen
mit Luft, um ein entsetzliches Gebrüll abzulassen.

„Du hast den Homunculus an Stelle deines Daumens!"
schrie er, packte mit seiner groben Faust den Kopf des
Judas, zerrte ihn mitsamt des daran hängenden Gewan-
des von Pisspoppens Hand und starrte dann entgeistert
auf fünf Knochenfinger, oder besser gesagt, auf fünf sta-
lagmitische beziehungsweise stalaktitische Gebilde, die
Pisspoppens Handwurzeln entwuchsen und von deren
Spitzen nun eine klare, stinkende Flüssigkeit tropfte, als
nämlich der Puppenspieler seine Hand erschrocken und
wie ertappt sinken ließ.

„So", meinte Zaungast, „und jetzt, Herr Pisspoppen,
dürfen Sie mich zu meinem kapitalen Fang beglückwün-
schen, ist mir doch heute immerhin ein wichtiger Handlanger des verbrecherischen Tropfstein ins Netz gegangen."

Pankratius Pisspoppen steckte blitzschnell seine Stalagmiten-Finger in ein ganz anderes Netz, in das Stromnetz nämlich, in eine Steckdose, die Zaungasts Aufmerksamkeit zunächst entgangen war. Die Wirkung war selbst für den hartgesottenen Kommissar ein wenig befremdlich. Bläuliche Flammenzungen leckten wie durch Zauberei an Pisspoppens Arm hoch, tanzten einen Moment flackernd auf der rechten Schulter und drangen dann durch den halb offen stehenden Mund in den Kopf ein. Des Puppenspielers Gesicht verzerrte sich zur Teufelsfratze, die hin und her, auf und ab grimassierend verschiedene Stadien des Diabolischen durchlief, bevor sie endlich in hölzerner Puppenhaftigkeit erstarrte, und dies in einem Ausdruck dämonischen Irrwitzes, dem der unvergleichliche Hieronymus Bosch ein Leben lang vergeblich in seinen nächtlichen Träumen nachgestiegen war.

Die Ambulanz erschien mit unverhoffter Plötzlichkeit, und ehe Kommissar Zaungast Gelegenheit fand, sich selbst wieder die ihm zustehende Kaltblütigkeit zu verordnen, hatte die Ambulanz den in Stupor verfallenen aber dennoch laut stöhnenden Puppenspieler an einen Tropf gelegt und auf einer Trage abtransportiert.

„Verdammt sei die Tat! Verdammt die Ambulanz und verflucht sei auch die Ambivalenz!" brüllte sich der Kommissar in Rage und dachte schon daran, sämtliche Darsteller dieses Puppentheaters auf der Stelle festzunehmen, begnügte sich aber dann mit der Verhaftung der sieben Hauptakteure. „Judas, Monarch, Faust, Herr Kollege, Kräuterfrau, Gretchen und Mister Mistopheles, ihr seid alle verhaftet. Mitkommen!"

Wegen Nichtbefolgung seiner Anordnung sah Kommissar Zaungast sich genötigt, Zwangsvollzugsmaßnahmen zu ergreifen. Er nahm den nächstbesten Pappkarton, den er dort im Atelier finden konnte, griff sich die sieben Delinquenten und steckte sie in den Karton, den er dann mit Klebeband sicher verschloß. Nicht, daß er ernsthaft mit einem Fluchtversuch der Puppen gerechnet hätte – erwartungsgemäß hatten sie ja auch keinen Widerstand bei ihrer Festnahme geleistet – nein, eine innere Eingebung trieb ihn dazu, den Karton vorsichtshalber zu versiegeln. Nun nahm sich der Kommissar noch die Zeit, Werkstatt sowie Wohnräume des Puppenmachers zu inspizieren. Er fand jedoch nichts, was ihn auf die Spur des gesuchten Maulwurfs oder Revolutionärs gebracht hätte. Auch sonst schienen die Räume des Puppenmachers nichts Verdächtiges zu beherbergen, bis auf einige undefinierbare Objekte, die eine entfernte Ähnlichkeit mit Puppen aufwiesen, mit Marionetten, worauf jedenfalls die Fäden hindeuteten, an denen diese Objekte befestigt waren. Zaungast zählte, es waren zwölf Stück. Die Puppenleiber aber waren derart ungestalt, daß man von Leibern eigentlich gar nicht sprechen konnte, dennoch schienen sie auf eine merkwürdige Art und Weise ‚fertig' oder ‚vollendet' zu sein. Dem Kommissar gefiel dieses seltsame Dutzend überhaupt nicht, er überlegte, ob er die zwölf ebenfalls in Polizeigewahrsam nehmen sollte, es erschien ihm aber dann doch zu abwegig. Der Vorarbeiter würde einer solchen Maßnahme wohl Verständnis entgegenbringen, der Herr Präsident hingegen vermutlich nicht. Also kehrte Zaungast dem Haus des Puppen- und Perückenmachers den Rücken zu und trug den Karton mit seinen Gefangenen zur paramilitärischen Baustelle hinüber.

„Herr Kommissar", empfing ihn der Polier, „ein Telegramm für Sie."

„Zeigen Sie", sagte Zaungast, „ah, es ist vom Herrn Schwanz, meinem Assistenten", stellte er dann erfreut fest. Kommissar Zaungast las: ‚Tag, Chef, die Dechiffrierung der Karteikarten förderte leider keinerlei Sinn zutage. Gruß, Schwanz.'

„Ich hatte es kaum anders ... äh ... erwartet", meinte Zaungast milde lächelnd. Er wandte sich wieder dem Polier zu. „Herr Schachtmeister, haben Sie die beschlagnahmte Post von gestern morgen für mich aufbewahrt?"

„Selbstverständlich, Herr Kommissar, hier, bitte." Der Vorarbeiter faßte in seine Hosentasche. „Zwei Inlandsbriefe, die Rechnung des Glasers und ein Brief aus China."

„Mehr nicht?" Zaungast schien enttäuscht. „An wen ist der Brief aus China adressiert, aha, an die Kosmopolitenburg des Geheimen Rates Neuntöter." Der Kommissar riß den Briefumschlag auf. Zu seinem Leidwesen war der Brief auf Chinesisch geschrieben, aber auf dem Briefkopf prangten unübersehbar neun nebeneinander stehende Augen. „Neunauge!" preßte Zaungast zwischen den Zähnen hervor. Er öffnete auch noch die anderen Umschläge, überflog flüchtig und kommentarlos die Rechnung des Glasers sowie die Briefe, die ihm jedoch belanglos schienen, und ließ dann alle vier Schriftstücke in seine Jackentasche gleiten.

„Alles klar, Herr Kommissar?" erkundigte sich der Schachtmeister.

„Wie man's nimmt", entgegnete Zaungast, „aber klare Sicht ist nicht immer wahre Sicht. Äh ... ich habe Ihnen einige Gefangene mitgebracht; Gefangene, die nicht dem Schutz der Genfer Konvention unterliegen. Sie brauchen also denen gegenüber", Zaungast zeigte auf die Kiste, „keine Nachsicht oder Milde walten zu lassen."

„Danke, Herr Kommissar."

„Gern geschehen, Herr Polier, ach, haben Sie die wöchentliche Linsenration schon erhalten?"

„Ja, Herr Kommissar, vielen Dank."

„Tschüss", sagte Zaungast.

„Auf Wiedersehen, Herr Kommissar."

Zaungast stieg in seinen blauen Zweisitzer und entfernte sich damit langsam von der paramilitärischen Baustelle.

In der folgenden Nacht wurde die paramilitärische Baustelle zum Schauplatz eines merkwürdigen Kampfes. Es war kurz nach Mitternacht, als der Wachtposten einen Schatten bemerkte, der sich auf die Baustelle zu bewegte.

„Halt! Wer da?" rief er den Schatten an, erhielt aber nur ein Knurren zur Antwort. Der Wachtposten ergriff eine

Schaufel, um sich nötigenfalls gegen einen Angreifer zur Wehr setzen zu können, da raste der Schatten auch schon auf ihn zu. Zwei behaarte Hände faßten nach den Ohren des Arbeiters, aus einem haarigen Gesicht funkelten zwei grelle Augen, vier Reißzähne schnappten nach der Kehle des Mannes und schlugen ihm eine blutige Wunde. Der Wachtposten besann sich auf seine enorme physische Kraft, packte den Angreifer bei den Hüften, hob ihn kurz an und schleuderte ihn weit von sich. Ehe er ihm aber die verdienten Schaufelhiebe verabreichen konnte, war der Angreifer schon wieder aufgestanden und in das Dunkel der Pattstraße enteilt.

„Was war hier los?" erkundigte sich der Schachtmeister , der vom Kampfeslärm alarmiert, schnellstens herbeigeeilt war.

„Das war der Sekretär des Zahnreißers", sagte der Arbeiter, wobei er auf seine Wunde deutete.

„Dem werd' ich's zeigen", grollte der Schachtmeister, intonierte den Brunftschrei des schwarzen Brüllaffen, griff sich die große Abrißbirne und machte sich damit auf den Weg zum Haus des Zahnreißers. Der Sekretär aber war nicht daheim, seine Hütte war verwaist, und weder er noch sonst jemand sollte künftig noch dort logieren können, denn der Schachtmeister zerschmetterte die Hundehütte durch einen gewaltigen Schlag mit seiner Abrißbirne.

„Hau ruck, Herr Kommissar", sagte er stolz und voller Zufriedenheit, „unsere Offensive hat begonnen."

Sechstes Kapitel

Zu Gast bei Professor Radebrecher

Das Einfamilienhaus des Professor Doktor Radebrecher war umwuchert von dichtem Gestrüpp; von Brennesseln, Disteln und meterhohen Dornenranken. Das mit rotbraunen Ziegeln gedeckte Dach erweckte in Zaungast den Eindruck, als schwebe oder als ruhe es auf einem Fundament aus Pflanzengrün und nicht auf soliden Mauern, dieses Bild jedenfalls vermittelte das Dach, als der Kommissar etwa fünf Meter vor dem Anwesen stand und nach einem Schlupfloch durch das Dickicht Ausschau hielt. Zaungast riß ein Streichholz an und starrte gebannt in die Flamme, darin eine Ahnung aufloderte, die Zaungast mit wohldosierter Bedächtigkeit in seine Westentasche greifen ließ, um von dort einen kleinen rechteckigen Taschenspiegel ans Tageslicht zu befördern, derweil seine andere Hand ein neues Zündholz anriß, damit nun ein eigenartiges Triumvirat aus Tageslicht, Spiegel und Flamme zum Nutzen und Frommen polizeidienstlicher Ermittlungen auf ebenso gediegene, eigenartige Art aktiv werden konnte. Das Spiegelbild zeigte dem Kommissar einen Mann, der sich aus einem Fenster im Erdgeschoß des Hauses vis a vis lehnte und mit einem Feldstecher das Anwesen des Professors beobachtete. Zaungast bemerkte schnell, daß das Interesse des Spions nicht ihm galt, sondern von einem anderen Umstand hervorgerufen wurde, den Zaungast aber nicht ausmachen konnte; die Intention des Beobachters, der sich im übrigen nicht die geringste Mühe gab, seine offensichtliche Neugier zu verbergen, blieb für den Kommissar undurchsichtig wie

77

die das Grundstück des Professors umfriedende, stachlig grüne Struppigkeit oder wie die große, himmelanragende Mauer am Ende der Pattstraße.

„Hierher, Herr Kommissar!" kappte eine Stimme Zaungasts Überlegungen. Es war die Stimme Professor Radebrechers und sie kam aus dem Dickicht der Dornröschenhecke.

Kommissar Zaungast drehte sich um einhundertundachtzig Grad, schaute in seinen Spiegel und gewahrte den Kopf des kleinen Professors, der schelmenhaft seine Äuglein aufblinzeln ließ inmitten der grünen, scheinbar undurchdringlichen Pflanzenphalanx. Der Kommissar vollführte eine weitere Kehrtwende und schritt dann auf die Stelle zu, wo er den Professor vermutete, denn als Zaungast sich wieder umgedreht hatte, da war vom Professor nichts mehr zu sehen; dafür hatte sich ein Loch aufgetan, ein Zugang zu Haus und Hof des Literaten Radebrecher. Zaungast mußte sich bücken, um da hindurch zu gelangen. Als er endlich diese grün umkränzte Pforte passiert hatte, fand er sich in einem kahlen Garten wieder, einem toten Garten, darin absolut nichts wuchs, nicht einmal Gräser, Flechten oder Moos, nein, rein gar nichts, statt dessen erblickte der Kommissar rund um das Haus Unmengen von Kieselsteinen, überall waren Kieselsteine, wie in einem ausgetrockneten Flußbett. Vor ihm stand nun der Professor und streckte ihm lächelnd die Hand entgegen.

„Habe die Ehre, Herr Kommissar", sagte er scheinbar gut gelaunt.

„Tag", meinte Zaungast mürrisch und quetschte dem Professor die rechte Hand. „Ihr Grundstück wird beobachtet, Herr ... äh ... Radebrecher, vom Haus gegenüber."

„Ich weiß, ich weiß", wiegelte der Professor ab, „das hat schon alles seine Richtigkeit. Es ist nur mein Gärtner, es gehört zu seinen Pflichten, meine Grenzbepflanzungen zu überwachen. Er macht das sehr gewissenhaft."

„Aus der Ferne und mit einem Feldstecher?" wunderte sich Zaungast.

Radebrecher nickte.

Nun verhielt es sich in der Tat so, daß der Gärtner des Professors, der direkt vis a vis seines Arbeitgebers wohnte, den Wildwuchs rund um Radebrechers Garten von Sonnenaufgang bis in die Abenddämmerung hinein mit seinem Fernglas beobachtete und selbst nach Anbruch der Dunkelheit oder noch zur Zeit des Morgengrauens hockte der Mann am Fenster, um mit einer Infrarotlicht-Kamera Bilder von der geil wuchernden Vegetation rings um Radebrechers Grundstück zu machen. Bisweilen unterbrach er seine Beobachtungen, um Eintragungen in eine große Kladde vorzunehmen, die er Tag und Nacht nicht aus den Augen ließ und die er auch stets bei sich führte.

„Er ist der absolute Großmeister der Hortikultur", erklärte Professor Radebrecher stolz.

„Und hortet vermutlich Geheimnisse, dieser ... äh ... Schlingel", grunzte Zaungast.

„Er führt allerdings ein geheimes Tagebuch, aber nicht einmal mir hat er bisher Einsicht darin gewährt", erläuterte der Professor. „Aber vielleicht gestattet er Ihnen ja, mal einen Blick da hinein zu werfen."

„Davon können Sie überzeugt sein, Herr Professor", sagte Zaungast selbstgewiß. „Ich verfüge da über gewisse Mittel und Wege, um mir die gewünschten Informationen ... äh ... zu beschaffen."

„Sie meinen doch nicht etwa durch Gewalt?" erkundigte sich der Professor furchtsam und erinnerte sich des Faustschlags, den er vom Kommissar erhalten hatte.

Zaungast grinste. „Die Sentimentaleren unter meinen Kollegen", erklärte er, „mögen ihn in ihrer Brieftasche finden, mein Pförtner für verschlossene Lippen, verschlossene Herzen oder verschlossene Tagebücher ist dieser hier." Zaungast hielt dem Professor seine geballte Faust unter die Nase.

„Bitte, bitte, Herr Kommissar, treten Sie ein", gab sich Radebrecher geschäftig, schwante ihm doch, daß der Kommissar auch noch über einen Pförtner für verschlossene Türen verfügte. Der Professor führte seinen Gast in sein rundum mit Regalwänden ausgekleidetes Arbeitszimmer und hieß ihn durch eine Handbewegung Platz nehmen. Zaungast ließ seinen Hintern in einen dicken schwarzen Ledersessel plumpsen, seine Augen weideten langsam die mit Büchern vollgestopften Regale ab.

„Brachvogel", sagte Zaungast, „ich kannte mal einen Verbrecher namens Brachvogel, ein Eierdieb, Federleser und noch Schlimmeres. Kennen Sie vielleicht einen Autor namens Brachvogel?"

„Ja", sagte Radebrecher, „er schrieb einen romantisierenden, elenden Roman über ein Mitglied der Musikerfamilie Bach, über … "

„Wilhelm Friedemann", ergänzte Zaungast, „es stimmt, er ist das Papier nicht wert, auf dem er gedruckt ist." Zaungast sah, wie in des Professors Augen ein enthusiastischer Funke zündete. Zaungast hatte Radebrechers Lieblingsthema angeschnitten: die Literaturwissenschaft.

„Das Wesensmerkmal literarischer Größe", erklärte der Professor, „ist die Wandlungsfähigkeit der Linienführung, die generelle und spezifizierte Verfallssymptome in den sich überlagernden und miteinander korrespondierenden Bedeutungsebenen ganz allein im Vorstellungsbereich des parteinehmenden Lesers konturiert."

„Man könnte auch sagen, des … äh … besitzideologischen Lesers", merkte Kommissar Zaungast an.

„Völlig richtig, Herr Kommissar", stimmte der Professor zu. „Die Perspektivgestaltung als Schaffensprinzip kulminiert in der Fixation des Spannungsfeldes, dem es lebenswahre Tragfähigkeit einhaucht. Der parteinehmende oder besitzideologische Leser gründet sein Verstehen auf der Dissonanz zwischen Identifikation und der als mehr oder weniger bedrohlich empfundenen Grundsätzlichkeit. Das heißt, ein solcher Leser versteht überhaupt nichts."

„Ich gehe in meiner Analüge des Leserverhaltens noch einen Schritt weiter, Herr Professor", sagte Zaungast. „In meinen Augen ist auch der nicht besitzideologische Leser ein reiner Wiederkäuer meist unsortierter Gedanken und dies auch nur in ... äh ... Ausnahmefällen – möchte ich unterstrichen wissen – im Regelfall ist ein Leser aber nichts anderes als ein Wiederkäuer von Wortsalat, den er nicht verdauen, respektive verstehen kann. Die Autoren, namentlich die Romanautoren tragen dem Rechnung, indem sie ihre Werke mit einem Wust von Belanglosigkeiten überladen. Das Ringen des durchschnittlichen Romanautors mit seinem Stoff, mit seinem Thema ähnelt in vielerlei Hinsicht dem Kampf eines Kochs, der die Soße verlängern muß, weil sich fünfzig Gäste mehr als ursprünglich erwartet angesagt haben. Der Bestsellerautor verschmiert also seine substanzlose, dünne Buchstabensuppe auf oft mehr als tausend Buchseiten und erhöht durch diese Substanzlosigkeit seine Verkaufschancen. Aber ein gutes Buch, Herr Professor, ein wirklich gutes Buch, es ist viel zu schade, daß es gelesen wird. Das Gelesenwerden entwürdigt so ein Buch auf schmachvollste Weise."

„Herr Kommissar, Sie setzen mich in Erstaunen", sagte Professor Radebrecher nachdenklich. „Das ist eine schlimme These, die Sie da aufstellen. All unsere hervorragenden Literaten, die Nobelpreisträger, sie dürften also Ihrer Ansicht nach nicht gelesen werden?"

„Doch", entgegnete Zaungast schmunzelnd, „sie mögen getrost gelesen werden. Einen Stall voller Wallache und unfruchtbarer, frigider Schindmähren hat die schwedische Akademie mit der Wahl ihrer Literatur-Nobelpreisträger da zusammengepfercht. Es ist nicht ein einziger Hengst unter ihnen, nicht eine einzige Mutter, deren Milch über die nährende Kraft der Imagination verfügt. Das Trommeln ihrer Hufe befindet sich im gleichen Taktmaß mit dem Getrampel der Masse, ihr Wiehern ist weder originell noch rebellisch noch sonst was, lediglich ein leicht angesäuerter Schluckauf halbverdauten Gedankensalats."

Zaungast wirkte plötzlich wie abwesend und nietete seine Blicke in den Boden. Er streckte imaginäre Fühler aus und ließ diese weit in die ihm erinnerlichte Vergangenheit zurückfahren, bis unter den Deckel seines allerersten Tagebuches. Der junge Kriminale Zaungast begann sein erstes und einziges Tagebuch kurz vor Vollendung seines dreißigsten Lebensjahres und verschloß den Deckel eben dieses Tagebuches gleich nach der ersten Eintragung für immer. Zaungast rief sich nun diese Eintragung ins Gedächtnis zurück: ,Heute am frühen Morgen trat ich im nebelverhangenen Stadtpark versehentlich mit meiner rechten Schuhspitze gegen ein von Fliegen umschwirrtes, stinkendes Stück Aas. Beim Aas handelt es sich um den Nährboden und die Matrix allen Lebens, nicht nur des bakteriellen, auch des höheren Lebens, und dies gilt nicht nur fürs Fliegengeschmeiß, für Geier, Schakal und Hyäne, sondern auch für den Menschen, denn das Fleisch, das wir verzehren, es ist nichts anderes als konserviertes Aas. Sobald ein höherer komplexer Organismus aufgehört hat, zu leben, wird er, da der Verwesungsprozeß augenblicklich einsetzt, zum Aas. Leben ist lediglich ein wetterwendisches Licht, vom Zufall oder von einem Schabernack treibenden Gecken – von einigen Gott genannt – entzündet, das einen Zellklumpen entstehen und wachsen läßt und ihn eine zeitlang vor dem Stinken bewahren kann, bis daß irgendeine Laune des Schicksals oder aber der Schöpfergeck dieses Licht wieder ausbläst. Der Begriff Aas läßt sich sogar noch auf Milchprodukte ausweiten. Was die Leute beim Fleisch als Verwesung bezeichnen, das bezeichnen sie beim Käse paradoxerweise als Reife. Wir Menschen schwelgen förmlich im Aasigen, im Verdorbenen. Deshalb sind die Menschen auch so wie sie nun mal sind, Aas auch im übertragenen Sinne. Der Mensch ist ein wandelndes Aas, das einzig lebendige, sich seiner selbst bewußte Aas in der gesamten Biomasse dieser Erde.'

„Welcher Art war das Aas?" erkundigte sich der Professor beim Kommissar.

„Können Sie Gedanken lesen?" fragte Zaungast.

„Nein, sonst hätte ich Sie ja nicht zu fragen brauchen."

„Habe ich ... äh ... laut gedacht?" meinte Zaungast stirnrunzelnd.

„Nein."

„Es war ein Mensch, ein Kind. Ich habe den Vorfall in meinem Tagebuch festgehalten, wollte dann später Teile des Textes wieder ausradieren, um sie verschlüsselt neu zu formulieren. Aber was glauben Sie, was da geschah?"

„Ich weiß es nicht", sagte der Professor achselzuckend.

„Als ich mit dem Radiergummi über das Blatt fuhr", erklärte Zaungast, „da würmelten sich die Krümel des Radiergummis ins Leben und begannen wie Aas fressende Maden an meinen Erinnerungen zu nagen. Damals habe ich das Schreiben von Tagebüchern aufgegeben."

Ungläubig starrte der Professor den ihn um zwei Kopflängen überragenden Zaungast an. „Ach, Herr Kommissar", sagte er dann, „warum haben Sie mich eigentlich niedergeschlagen – vor ein paar Tagen in der Schatulle?"

„Um Ihnen Ihren Hieb- und Stechintellektualismus auszutreiben, mein Freund, um meine Ermittlungen zu forcieren, die Ihnen wahrscheinlich recht ... äh ... seltsam dünken werden."

„Mit Verlaub, Herr Kommissar", sagte der Gelehrte, „weder kann ich in Ihrem Reden und Tun auch nur einen Ansatz ermittlerischer Tätigkeit erkennen, noch kann ich überhaupt einen Fall ausmachen, in dem es ... äh häm ... etwas zu ermitteln gäbe."

„Ich ermittle holoistisch", erklärte Zaungast. „Die fragmentarische Methodologie polizeilicher Ermittlungstätigkeit wird mit Abschluß dieses Falles endgültig im Mülleimer der Kriminalgeschichte verschwunden sein, und mir, Kommissar Zaungast, wird die Ehre zukommen, den Deckel zuzumachen. Ich hatte gehofft, wenigstens Sie würden mich verstehen, Professor. Kreisen denn auch Ihre Gedanken nur in den monoexplanatorischen Spurrillen der Behavioristen? Wie dem auch sei, Herr Professor, ich habe Ihnen ein geschnipseltes Mosaik mitgebracht, ein Papierschnipsel-Mosaik, das heißt, das ... äh ... Original habe ich in meinem Büro im Safe verwahrt, doch eine Kopie davon verwahrt mein Gedächtnis. Und nun hören und staunen Sie, Herr Professor:

Wer darf ihn nennen? Gezeugt und geworden aus fatumbeladenem Seitensprung hominiden Geschlechts. Nachtschattengewächs ureigenster Prägung. Wer darf ihn kennen? Großhans des Hexeneinmaleins, Seismos des Ungestalten. Wer? Doch nur wir, die ihm dienen, urweltliche Viecher paramilitärischer Prägung, Gaukler der unerschöpflichen Vielfalt, Hans Liederliche der Labyrinthe, Perückenmacher in zweiter Generation. Die schwarze Variante unseres allgegenwärtigen, wunderbaren Heldenherrn windet sich am Ende des Jahrhunderte langen roten Fadens bereits in Agonie, Zacken aus Kristall und Karfunkel blitzend aber wankend in der Krone. Der heilige Bronnen aber verwehrt uns noch des Rätsels Lösung. Nicht ganz ernst zu nehmende Elemente in Festungsanlagen, Fortifikationen, Wallanlagen, in Brunnen, Schächten, hinter Mauern und Zäunen, zum Leben erweckte Exponate aus der Werkstatt des anthropologischen Schnitzers rebellieren, Irrlichter flackern ihnen voraus, flackern unter Dachverglasungen, unter Vollverglasungen, am Leben gehalten von lebendig gestalteten Mumien, Engeln, Elfen, zwei Raben, einem Nilpferd, neun Elefanten. Die Form zerfließt im Mülleimer der Evolution, da, wo bräunlich rote Flecken sprossen, da, wo formlose Bedrohung herrscht. Es mahnen geknotete Spaten, Schaufeln. Und Formloses gräbt dem Kaiser endlich sein Grab hinter den täuschend echten Mauerresten. Vasallen, Kosmopoliten, gescheiterte Revolutionäre, Judasse, die Verrat an sich selbst üben, derweil der so dringend Gesuchte unermüdlich nach dem Wagnermeister fahndet, dessen rollender Tatzelwurm ihn – umgewandelt, verwandelt und von tanzenden Flämmchen eskortiert – im offenen Glaswagen sicher zum Mittelpunkt des Seins lenken soll. Da ist's vorbei, als wär es nicht gewesen. Möchten Sie einen Kommentar dazu abgeben, Professor?"

„Sinnlose Wortbrocken", behauptete der Gelehrte, „ich vermag diesen Blödsinn nicht zu kommentieren. Tut mir leid."

„So ...", meinte Zaungast mit drohendem Unterton, „dann zeigen Sie mir doch mal bitte Ihre Zunge."

„Wieso?" fragte Radebrecher argwöhnisch.

„Eine herausgestreckte Zunge kann sich nicht mehr auf verlogene Art und Weise artikulieren, und wenn sie tintenfarben ist, dann hat sie vermutlich Gift geleckt, ein bleicher Hals mit blauen und grünen Würgemalen kann sich weder räuspern, noch ein falsches Zeugnis ablegen wider den ermittelnden Kommissar ..."

„Wie meinen Sie das, Herr Kommissar?"

„Ein reiner Körnerfresser kann kein Nekrophiler sein, nein, das können Sie mir nicht weismachen, aber ein Neuntöter sehr ... äh ... wohl. Ihr Pattfüße steckt alle unter einer Decke, führen Sie mich unverzüglich zu Ihrem Gärtner, denn Sie stehlen mir nur die Zeit mit Ihrer Hinhalte-Taktik, Herr Professor. Die Revolution ist gescheitert oder auch nicht, das Phänomen schläft und arbeitet aber doch unentwegt weiter. Und nun auf zum Großmeister der Hortikultur!"

Der Gärtner sah seinen Brotherren in Begleitung des Kommissars auf sein Haus zuschreiten und legte sein Fernglas beiseite. Dann ging er zur Haustür, um den Herren zu öffnen.

„Guten Tag, Herr Hahnrei, dies ist Kommissar Zaungast von der Polizei, er möchte Sie gern sprechen", sagte Professor Radebrecher, nachdem der Gärtner ihnen die Tür geöffnet hatte.

„Keineswegs, keineswegs", meinte Zaungast und musterte den unscheinbar wirkenden Herrn Hahnrei. „Lassen Sie nur Ihr Tagebuch sprechen, und die Abrißbirne meines Poliers wird an Ihrem Haus vorübergehen. Ich selbst führte übrigens auch mal ein Tagebuch, es ist ... äh ... schon einige Zeit her." Zaungasts Augen loteten den Raum aus, in den der Gärtner ihn führte, bestrichen mögliche Verstecke und blieben auf dem Fenstersims genau jenes Fensters haften, das dem Gärtner die Beobachtung des gegenüber liegenden Grundstücks gestattete. Zaungasts geübter Blick entdeckte den nur leidlich verborgenen Schließmechanismus eines geheimen Faches unter dem Fenstersims. Zielstrebig näherte sich der Kommissar dem Fenster, ein schneller Griff, ein schnarrendes Geräusch, und eine Lade schnellte nach vorn. Zaungast sah direkt auf den Inhalt hinab, auf einen Buchdeckel mit der von Hand gemalten Inschrift: ‚Die geheime Offenbarung des Johannes Hahnrei.' Der Großmeister der Hortikultur wollte protestieren, doch Zaungast hatte sich das Buch bereits gegriffen.

„Ich hoffe, Ihre Offenbarung wird im Gegensatz zu der Ihres biblischen Namensvetters ihrem Titel gerecht und leistet nicht statt dessen den ... äh ... Offenbarungseid Ihres gesamten Nichtwissens", sagte Zaungast und schlug das Tagebuch auf.

‚28. Juni. Beginn der Beobachtungen 06.34 Uhr, Unterbrechung der Beobachtungen 10.12 Uhr – 10.40 Uhr sowie 14.18 – 15.21 Uhr, Ende der Beobachtungen 22.30 Uhr', lautete der erste Eintrag. Zaungast schüttelte mißbilligend den Kopf, als er weiter blätterte und zunächst nur auf unbeschriebene Blätter stieß. Dann fand er erneut eine Eintragung.

‚15. Juli. Es ist so traurig. Zehn Kilogramm Linsen eingesät.' Es folgten wiederum einige leere Seiten. Dann ...

‚24. Juli. Lattich und Zwiebeln wunschgemäß gepflanzt. Welcher Art mögen die zu erwartenden Katastrophen sein?'

‚08. August. Farnkrautvernichter kaufen!!!'

‚22. August. Der Koriander entwickelt sich prächtig. Den HERRN wird es freuen.'

‚01. September. Beginn der Beobachtungen 08.22 Uhr. Ende der Beobachtungen 11.00 Uhr. Wiederaufnahme der Beobachtungen 14.08 Uhr. Abschluß der Beobachtungen 19.10 Uhr.'

„Sehr aufschlußreich", murmelte Kommissar Zaungast und blätterte wieder einige Seiten um, ehe er auf eine erneute Eintragung stieß.

‚18. September. Habe Myrrhe verbrannt sowie zahlreiche Passionsblumen und Lilien gerodet. „Prima", sagte der HERR anerkennend.' Einige Seiten weiter las Zaungast:

‚25. September. Schuhflickerorangen in den Händen von R ... n. Welch grandioses Potenzial! Kesselflickerorangen gegen G. und V. Was braucht es da noch faule Eier und Tomaten?!' Dann weiter:

‚05. Oktober. Das Nicken der Kürbisköpfe ist mir Bestätigung und Beleidigung zugleich. Den HERRN aber wird es freuen.'

Zaungast suchte nach der letzten Eintragung. Sie datierte vom 24. März und lautete:

‚Habe soeben wieder größere Mengen an Farnkrautvernichter erworben, und ich will mein Los nicht beklagen. Aber wenn ich ein Vöglein, zum Beispiel ein Neuntöter wär, auf Gedeih und Verderb flög ich dann zu dir ... Meister N.'

„Verdammte Tat!" schrie Zaungast aufgebracht, „Sie sind ein Diener und Handlanger der Konterrevolution. Dieses Tagebuch ist beschlagnahmt! Und nun sprechen Sie, Hortikultant! Wem dienen Sie auf Verderb? Das Gedeih lasse ich mal beiseite. Wer ist Ihr Herr und Obermeister, Ganove?"

Der Gärtner schwieg betroffen.

Zaungast wollte gerade seinem Pförtner die Zügel schießen lassen, da überwältigte ihn eine Ahnung, aufgestiegen aus den trüben Wassern des geheimen Vermutlochs, aus noch trüberen Kanälen dorthin geschwemmt, ausgehend aber von einer noch unentdeckten Quelle, worin ein unheiliger Täufer seine trüben, für die menschliche Gehirnwäsche bestimmten Wasser sammelte und staute für eine ungeistige Sintflut beispiellosen Ausmaßes und Charakters. Kommissar Zaungast versetzte daraufhin sein Zwerchfell in ein Beben, dessen Stärke jedem Seismologen die Haare hätte zu Berge stehen lassen und das Gelächter, das jenem Beben folgte, ließ den Professor und seinen Gärtner zusammenfahren wie zwei Kaninchen, die den Flügelschlag des Adlers über sich spüren.

„Ich verdonnere Sie hiermit zu zwei Minuten und dreißig Sekunden Untersuchungshaft", sprach Zaungast mit Donnergrollen in der Stimme, packte die beiden Männer am Schlafittchen und führte sie zur Toilette, wo er sie, allen Protesten zum Trotz, für zweieinhalb Minuten einschloß. Er selbst nutzte die verstreichende Zeit für ein imaginäres Bad im geheimen Vermutloch. Dann ging er zum Telefon und wählte die Nummer seiner Dienststelle.

„Schwanz", sprach Zaungast zum Teilnehmer am anderen Ende der Leitung, „wir sind ihm auf der Spur."

„Gut, Chef! Wem, Chef?"

„Dem ... äh ... Kaiser auf der Wurst, wenn nicht gar dem ... äh ... großen Konterrevolutionär wider die neolithische Revolution."

„Gratuliere, Chef", sagte Herr Schwanz.

Zaungasts Rülpser hatte tatsächlich entfernte Ähnlichkeit mit einem ‚Danke'.

Siebtes Kapitel

In der Zinnfiguren-Offizin-Halemeier

Offizin, so nennen die Hersteller von Zinnsoldaten seit alters her ihre Produktionsstätten. In dritter Generation leitete der Zinngießer Mondamin Halemeier gemeinsam mit seiner Schwester Zinngrid die Zinnfiguren-Offizin Halemeier.

Als Kommissar Zaungast dem Geschwisterpaar seine Aufwartung machte, waren die beiden gerade im Begriff, die letzten Groschen zu verfrühstücken, die der Verkauf ihrer einst so erfolgreichen Zinnfiguren-Serie ‚Halemeiers Halma-Männchen, feinste Compositions-Zinnfiguren' abgeworfen hatte. Denn im Moment ging das Geschäft der Halemeiers ausgesprochen schlecht, die Auftragslage war mehr als mau. Letzter Auftraggeber war Reginald Rex Corbinus von Vasall, der eine Serie über seine Ahnen in Auftrag gegeben hatte, an deren Realisierung die Halemeiers gerade arbeiteten. Die Gravuren waren bereits fertig, die ersten Formen schon gegossen. Da es sich aber um eine einmalige Auflage handelte, war an dieser Kleinserie praktisch nichts zu verdienen. Zaungast hatte Wind bekommen von dem Projekt und erhoffte sich von den Halemeiers einige Aufschlüsse über Genealogie und Hierarchie der Vasallen. Der Kommissar hatte sich von hinten angeschlichen, stand nun am Küchenfenster und sah interessiert zu, wie Mondamin Halemeier gerade sein Frühstücksei köpfte.

„He! Aufmachen!" rief er lautstark und pochte heftig gegen die Scheibe.

Zinngrid und Mondamin Halemeier zuckten sichtbarlich zusammen, schauten mit gehetztem Blick zum Fenster hinüber und erhoben sich dann fast gleichzeitig von ihren Stühlen. Die Geschwister sahen sich fragend an. Ohne ein Wort an seine Schwester zu verlieren, begab sich Mondamin schlurfend zum Fenster, während Zinngrid die Küche in anderer Richtung verließ und mit zeitlupenhaften Bewegungen auf die zur Straßenseite hin gelegene Haustür zusteuerte.

„Ist da jemand?" rief sie schüchtern, nachdem sie die Tür geöffnet hatte, derweil ihr Bruder das Fenster entriegelte und den Kommissar mit scheuen Blicken musterte.

Zaungast fühlte sich irgendwie überrumpelt. In seiner kruden Vorstellung erhob sich drohend das Bild eines Zweifronten-Krieges.

„Verdammte Tat!" brüllte er aus Leibeskräften, dann gingen die Worte, die er noch äußerte, unter und waren nichts als Strandgut in einer Brandung alles hinweg schwemmenden Gelächters, das donnernd aus Zaungasts Kehlgrund hervorbrach und die Küche durchbrauste.

Fräulein Halemeier war in Panik zurückgeeilt und zitterte in ganz erbarmenswürdiger Manier ob solch eines Getöses.

Kommissar Zaungast hatte seine 300 Pfund Lebendgewicht inzwischen durch die Fensteröffnung gezwängt, sah dank seiner schnellen Auffassungsgabe die Gefahr eines Zweifronten-Krieges als gebannt an und bequemte sich zu den beschwichtigenden Worten:

„Keine Panik, Leute, halten Sie es mit dem chinesischen Philosophen Tin Minh Zinn Minh, der neun Augen auf seinem Briefkopf stehen hat, lächeln Sie, ich will es sodann als wohlwollendes ... äh ... Ächo auf mein Sturmgelächter interpretieren. Neun ... äh ... Augen, aber so weit sind wir noch nicht, kümmern wir uns zunächst um den faubourg des Vasalles. Fakten auf den Tisch! Ich bin der unbestechliche Kommissar Zaungast, Sie werden bestimmt von mir gehört haben."

Eine gewisse Erleichterung war den beiden deutlich anzumerken. Mondamin Halemeier griff nach dem Salzstreuer und schüttete seiner Schwester eine Prise Salz ins toupierte Haar, wandte sich dann an den Kommissar und sagte:

„Herr Kommissar, darf ich auch Ihnen ....“

„Ich bitte darum“, sagte Zaungast.

Halemeier ließ eine Dusche von Salzkrümeln auf des Kommissars kurzgeschorenes Haar rieseln.

„Mein lieber Mann, Sie haben Stil“, meinte Zaungast anerkennend.

„Danke, Herr Kommissar, man tut, was man kann.“

„Ja“, nickte Zaungast, „bringen wir die Präliminarien aber nun hinter uns und kommen wir zur Sache. Ich wünsche mir von Ihnen, nein, ich verlange von Ihnen detaillierte ... äh ... Auskünfte über die Vasallen-Familie, in erster Linie über Erblasser, Erbschleicher, Erbkrankheiten, Erben und die Beantwortung der außerordentlich wichtigen Frage, ob diese Leute Eintopf essen und ob sie dabei Linsen oder lieber ... äh ... Erbsen den Vorzug geben.“

„Sie sichern mir doch absolute Diskretion zu, Herr Kommissar?“ erkundigte sich der Zinngießer vorsichtig.

„Die Diskretion ist bewilligt“, sagte Zaungast und hob die Hand wie zum Schwur.

„Erbsen, Herr Kommissar, eindeutig Erbsen“, erklärte Mondamin Halemeier bestimmt.

„Es sind also keine Kinder von Traurigkeit, das dachte ich mir“, meinte Zaungast, „es stehen demnach meine Linsen gegen deren ... äh ... Erbsen. Nun ja ... äh ... ja. Gewähren Sie mir nun aber einen Einblick in die Chronik dieser Vasallen, verehrter Herr Zinngießer.“

„Mit Vergnügen, Herr Kommissar. Also, allein die Chronik der Vasallen zu lesen, heißt schon, jeglichem Sinn und Zweck entgegen zu steuern. Begrifflich, denkend. Verstehen Sie, was ich meine, Herr Kommissar?“

„Ja.“

„Gut, die Chronik der Vasallen aber auch noch zu verstehen, heißt: Sinn und Zweck komplett hinweg zu eskamotieren.“

„Verstehe", sagte Zaungast, „aber kommen Sie endlich zur Sache."

„Hier", sagte Halemeier und hielt dem Kommissar eine etwa 50mm große, flache Zinnfigur hin, die er scheinbar wie ein Taschenspieler aus seinem Ärmel gezaubert hatte, „dies ist Ahnfried von Vasall, der Ahnherr der Vasallen. Er wurde übrigens zweihundert Jahre alt."

„Zweihundert Jahre? Nicht schlecht!" staunte Zaungast.

„Ja, die Vasallen sterben entweder sehr früh oder sie werden uralt", sagte der Zinngießer, während seine Schwester Zinngrid schweigend in ihrer Nase bohrte, um sich anschließend den hervor gepopelten Schleim schnalzend vom Finger zu nuckeln. „Ahnfried heiratete schon in frühester Jugend eine Baronin von Störenfried", fuhr Mondamin Halemeier fort, während sein Ärmel ein zweites Mal kreißte und eine weitere Figur gebar. „Voila!" sagte er, „Friederike von Störenfried. Ahnfried war zum Zeitpunkt seiner Verheiratung erst siebzehn, seine Braut dreizehn. Sie stritten und sie haßten sich von Beginn ihrer Beziehung an. Ihr gegenseitiger Haß gipfelte in der Geburt ihres an Dementia praecox erkrankten Sohnes Wahnfried. Voila, hier sehen Sie das Bürschchen in feinstem Zinn gegossen, Herr Kommissar. Wahnfried starb lange vor Ablauf seiner durchschnittlichen Lebenserwartung im Jahre x2z11 vasallischer Zeitrechnung, schwängerte aber schon im zarten Alter von elf Jahren eine von Ahnfrieds zahlreichen Dirnen. Die Dirne gebar ihm Zwillinge, ein Mädchen, einen Jungen, Malefiz und Malefizia von Vasall, verstarb aber selbst bei der Geburt der Zwillinge im Kindbett."

„Und ... haben Sie auch eine Figur von dieser ... äh ... ehrenwerten Dame?"

„Ist leider noch nicht gegossen, Herr Kommissar, aber mit den Zwillingen kann ich dienen. Voila!" Der Zinngießer präsentierte Kommissar Zaungast zwei weitere Figuren aus dem Hemdsärmel.

„Was wurde aus den Zwillingen?" fragte Zaungast.

„Nun", erklärte Mondamin Halemeier, „Malefizia wurde eine recht bekannte Sternendeuterin und Wahrsagerin, denn sie besaß das, was man im Volksmund das zweite Gesicht nennt, und zwar in erstaunlich hohem Maße. Allerdings beschränkten sich ihre Vorhersagen ausschließlich auf Katastrophen und Unglücksfälle, was natürlich nicht gerade zu ihrer allgemeinen Beliebtheit beitragen konnte. Und bald schon hing ihr der Ruch an, mit böswilligen übernatürlichen Mächten zu paktieren. Kurz vor Vollendung ihres fünfundzwanzigsten Lebensjahres, das war im Jahre v3x81s vasallischer Zeitrechnung, wurde sie von gedungenen Häschern ergriffen und wie eine Katze elendig in einem Brunnen ersäuft."

„Und ihr Bruder?" fragte Zaungast weiter.

„Ihr Bruder wurde Handelsreisender in Sachen Glasaugen, übte diesen Beruf eine Zeit lang aus, trat dann im Jahre cc104vx vasallischer Zeitrechnung eine Reise nach China an und ward von da an nicht mehr gesehen."

„Interessant", murmelte Kommissar Zaungast, „sehr interessant, außerordentlich ... äh ... interessant. Malefiz von Vasall mit seinen Glasaugen trifft auf Tin Minh Zinn Minh mit seinen Neunaugen. Malefizia Prophetissa alias Futuria Prophetissa von Vasall wird wie eine Katze in einem Brunnen ersäuft, verfügt aber über neun Leben wie eine Katze, wurde demnach also gar nicht ersäuft, sondern überlebte und gebar auf dem Grund dieses Brunnens einen Dämon. Aber wie ging die Geschichte der Vasallenfamilie nun weiter, Herr Halemeier?"

„Ja, also", fuhr Mondamin Halemeier fort, „die Friederike gebar ihrem verhaßten Gemahl im erstaunlichen Alter von vierundsiebzig Jahren einen weiteren Sohn, Baldrian von Vasall. Baldrian entwickelte sich zu einem sanftmütigen, friedfertigen Riesen, er konnte keiner Fliege etwas zuleide tun. Aber weil er ein Riese war, wurde er von jedermann gemieden und sogar gefürchtet, es gab auch keinen Platz für ihn in der Vasallenburg, Baldrian sah sich gezwungen, auf Wanderschaft zu gehen, um ruhelos wie ein Fliegender Holländer die Welt zu bereisen, dabei ständig unter freiem Himmel zu schlafen. Auch er wurde nicht alt, er verstarb an einem ..."

„Sehr große Menschen erreichen selten ein hohes Alter", unterbrach Kommissar Zaungast den Zinngießer und mußte dabei unwillkürlich an seine eigene Größe denken. „Wie groß war er eigentlich, dieser ... äh ... Baldrian von Vasall?"

„Damit wir uns nicht falsch verstehen, Herr Kommissar", sagte Mondamin Halemeier lächelnd, „ich spreche hier nicht von einem großen Menschen, hier ist nicht die Rede von zwei Metern, auch nicht von drei Metern, nein, Herr Kommissar, ich rede da von einem Riesen. Aber das einzige, was heute noch an ihn erinnert, ist einer seiner Schuhe. Mitglieder der Vasallenfamilie benutzen ihn gelegentlich als Kahn, um auf ihrem kleinen Fischteich sonntags spazieren zu fahren."

„Ah, ja", meinte Zaungast, „sehr interessant, und woran verstarb nun dieser ... äh ... Riese? Ich hatte Sie eben unterbrochen."

„Baldrian von Vasall starb an einem hochexplosiven und völlig unverhofft eintretenden Samenerguß, einer Eruption wie aus einem Vulkan, die seine Blutgefäße, seine Blase, seine Hoden, quasi den gesamten Unterleib zerriß und platzen ließ. Aber dabei besamte er noch eine Birke, aus deren Wurzel zwei Jahre später ein männlicher Säugling entsproß. Da dies alles glaubwürdig bezeugt und auch belegt werden konnte, wurde das Kind vom inzwischen stark gealterten Ahnfried als Stammhalter und Erbe anerkannt und in seine Burg aufgenommen. Man gab ihm den Namen Willibold. Zu unrühmlicher Bekanntheit gelangte er unter dem Namen „der Unhold Willibold". Er wurde nämlich zum Mörder und Schlächter an Tausenden und Abertausenden von Kindern. Der Unhold Willibold entvölkerte einen ganzen Landstrich, tötete auf bestialische Art und Weise Kinder, vom Säugling bis zum Pubertierenden, Mädchen sowie Jungen, ähnlich wie Gilles de Rais damals in Frankreich. Stellen Sie sich vor, eine ganze Provinz regelrecht entvölkert. Es dauerte Wochen und Monate, bis sich die Population wieder erholt hatte, bis die Bevölkerungsdichte wieder auf den gleichen Stand wie zu Beginn der Mordserie angewachsen war."

„So?" staunte Zaungast, „nur komisch, daß ich nie etwas von diesem ... äh ... Monster von einem Mörder gehört habe. Aber das geschah wahrscheinlich auch alles nach vasallischer Zeitrechnung, nehme ich an."

„So ist es, Herr Kommissar", betätigte der Zinngießer.

„Was wurde aus dem Unhold Willibold?" fragte Kommissar Zaungast.

„Er wurde für seine Verbrechen nie zur Rechenschaft gezogen, obwohl die Beweislage eindeutig war. Durch eine Heirat mit dem Edelfräulein Biergittigitt vom unersättlichen Loch, einer notorischen Stänkerin und Säuferin, entzog er sich geschickt seiner Verantwortung. Die beiden hatten sieben Kinder miteinander, allesamt Zwerge."

„Aha, die sieben Zwerge", sagte Zaungast. „Und hat er sie ... äh ... ermordet, die ... äh ... Zwerge?"

„Nein", entgegnete Halemeier, „denn zu diesem Zeitpunkt hatte er sich bereits geläutert. Einer von den Zwergen, Zoppzifoppzilopp, schenkte ihm einen Neffen, so daß der Fortbestand der Vasallen-Dynastie gesichert war. Der Unhold Willibold selbst wurde über hundert Jahre alt. Leider verfüge ich noch über keine Figuren der letztgenannten Familienmitglieder."

„Wie hieß der Sohn von diesem Zopplifopplidings?"

„Zoppzifoppzilopp", half der Zinngießer dem Kommissar auf die Sprünge. „Sein Sohn war Isidor von Vasall, der eine wissenschaftliche Laufbahn einschlug. Er brachte es bis zum ordentlichen Professor am Institut für vergleichende Anatomie in Humbug. Sein Spezialgebiet war die Androgynie."

„Wahrhaftig eine interessante Familie", bemerkte Zaungast.

„Ja, zweifellos", sagte Halemeier, während seine Schwester Zinngrid sich einen grünlich schillernden, klebrigen Popel einhalste.

„Was wurde aus unserem Professor? Hatte er Nachkommen?" fragte Zaungast.

„Professor Isidor von Vasall wurde ermordet, vergiftet, vermutlich von seiner Frau Ilsewill. Man konnte ihr allerdings den Mord nicht nachweisen. Sie hatten zwei Kinder, ein Mädchen, einen Jungen, Madgard und Benedikt. Voila! Hier sind sie!" Mondamin Halemeier ließ zwei weitere Figuren aus dem Hemdsärmel gleiten. „Benedikt hatte seinerseits zwei Söhne, einer davon war Korbinian, der Vater des jetzigen Familienoberhauptes Reginald Rex Corbinus von Vasall. Benedikt war übrigens derjenige Vasall, der den Familiensitz in die Zentralstadt verlegte. Seine Burg sowie alle dazu gehörigen Besitzungen und Ländereien veräußerte er an einen ausländischen Investor."

„An einen Chinesen?"

„Das weiß ich nicht, Herr Kommissar."

„Lebt denn der Vater von Reginald Rex noch?"

„Ja, der lebt noch, er ist jedoch bettlägerig und pflegebedürftig. Voila! Korbinian von Vasall, als er geistig und körperlich noch voll auf der Höhe war. Hier haben Sie ihn als feinste Compositions-Zinnfigur, Herr Kommissar."

„Dieser Vater, dieser ... äh ... Korbinian von Vasall, er ist geistig nicht mehr auf der Höhe, sagten Sie?" hakte Kommissar Zaungast nach.

Halemeier nickte.

„Dann werde ich mich mit ihm wohl in ... äh ... extenso befassen müssen, denn Idiotenmund tut Wahrheit kund", meinte Zaungast.

„Ja, blieben dann noch der jetzige Vasallenfürst Reginald Rex Corbinus, den Sie ja wohl bereits ... mmh ... persönlich kennen gelernt haben, Herr Kommissar, und natürlich seine Angetraute, Zornelia von Vasall. Hier sind sie fein ausgeformt und in Zinn gegossen", erklärte der

Zinngießer und präsentierte dem Kommissar erneut zwei Zinnfiguren.

„Was wissen Sie über diese Frau?" fragte Zaungast.

„Es ist ein Aas!" wurde Halemeier ziemlich deutlich, „und manch einer unter uns Pattfüßen glaubt, daß sie eine Wiedergeburt der Biergittigitt vom unersättlichen Loch ist."

„Und teilen auch Sie diesen Glauben, Herr Halemeier?"

„Ich weiß es nicht, Herr Kommissar, das heißt, ich weiß nicht so recht, was ich glauben soll", erklärte Mondamin Halemeier.

„Haben die beiden Kinder?" fragte Zaungast.

„Nein", antwortete Halemeier, „sie sind bis heute kinderlos geblieben."

‚Aber da hat mir doch ein anderer Pattfuß etwas Gegenteiliges erzählt', dachte Kommissar Zaungast, stellte aber keine weitere Frage, um den Widerspruch aufzuklären.

„Zwei Aufträge habe ich für Sie, Zinngießermeister, zwei ... äh ... ehrenvolle Aufträge", sagte Zaungast dann ganz unvermittelt. „Erstens, Sie fertigen für mich in meinem ganz speziellen, persönlichen Auftrag eine Zinnfigur, eine ganz besondere Zinnfigur, und es muß ein Unikat bleiben, verstanden? Den Torfstecher! Bitte ein Blatt Papier und einen Stift!" Zaungast schnippte ungeduldig mit den Fingern.

Mondamin Halemeier brachte ihm das Gewünschte und der Kommissar kritzelte mit eiligen Strichen eine in einer grotesken Haltung verrenkte menschliche Gestalt auf das Papier.

„Das ist der Torfstecher", erklärte Zaungast und fügte hinzu: „Die Figur, mit deren Herstellung ich Sie hiermit beauftrage, die soll ein Geschenk werden, ein Geschenk für meinen vortrefflichen Assistenten, den Herrn Schwanz. Wissen Sie, er ist ... äh ... Hohlkreuz ... nein, Entenschwanzträger, ein Torfstecher durch und durch. So, das war erstens, und nun zweitens: Ich möchte, daß wir zukünftig zusammenarbeiten, wir beide, Sie und ich, und zwar auf dem Gebiet der konzinntrierten Karikatur. Verstehen Sie mich?"

„Offen gesagt, nein, Herr Kommissar."

„Also hören Sie zu, Halemeister. Sie fertigen eine Serie von Figuren an, von stadt- und landbekannten Ganoven und Spitzbuben, und dies exakt nach meinen zeichnerischen Vorlagen", erläuterte Zaungast, „Figuren sowohl von bereits verurteilten Verbrechern als auch von den steckbrieflich gesuchten. Es wird der lukrativste Auftrag, den Sie vermutlich jemals erhalten haben oder auch noch erhalten werden. Also freuen Sie sich über meinen Vorschlag und schlagen Sie ein!" Zaungast hielt dem Zinngießer seine Pranke hin.

„Wer bezahlt mich, das heißt, wer soll die Figuren kaufen, Herr Kommissar?"

„Die Polizei", erklärte Zaungast.

Skepsis bremste das anfängliche Frohlocken in den Zügen des Herrn Halemeier aus. Zaungast sah es ihm an, und als sein analytischer Blick tiefer in die Psyche seines Gegenübers eindrang, da fiel dem Kommissar noch etwas anderes auf. Zaungast spürte irgendwie, daß Mondamin Halemeier ihm eine wichtige, ganz entscheidende Information – die Familie von Vasall betreffend – vorenthalten hatte. Zaungasts Finger spreizten sich auseinander wie die stählernen Klauen eines Greifbaggers, und als sie sich wieder geschlossen hatten, da hielten sie den zappelnden Mondamin fest beim Kragen gepackt.

„Und nun raus mit der Sprache, Halemeisterchen", flötete der Kommissar in der süßesten ihm zu Gebote stehenden Tonlage, „wer von den Vasallen ist noch schrecklicher als der Unhold Willibold, so schrecklich, daß Ihnen sogar davor graut, ihn beim Namen zu nennen?"

„Vieh-du-Kind von Vasall", keuchte Halemeier. Kalter Schweiß hatte seine Stirn benetzt und in seinen Augen widerspiegelte sich blankes Entsetzen. „Vieh-du-Kind von Vasall, der Melmoth unter den Vasallen. Es heißt ... es heißt, er sei unsterblich."

„Und seit wann spukt dieses Vieh schon auf der Erde herum?" fragte Zaungast.

„Das weiß niemand", erklärte der Zinngießer, „vielleicht kann Ihnen das jetzige Familienoberhaupt der Vasallen noch nähere Informationen dazu liefern."

„Vieh-du-Kind ... Melmoth der Wanderer ... Faust", sprach Zaungast leise vor sich hin, „Stroh- und Dunkelmänner und Propheten des ... äh ... leben Sie wohl, Herr Halemeier, und denken Sie mal in aller Ruhe nach über eine Zusammenarbeit zwischen der Polizei und Ihrer ... äh ... ehrenwerten Offizin."

Achtes Kapitel

Tamara Hallmich, Gemahlin und Vertraute des Alchimisten Hannibal Hallmich

Offizin, so nennt oder nannte man früher bisweilen auch eine Apotheke, und als Kommissar Zaungast am nächsten Tag vor der als Apotheke getarnten Hexenküche des alchimistischen Apothekers Hannibal Hallmich auftauchte, da wurde seine Aufmerksamkeit von zwei großen Pappschildern in Beschlag genommen, die gut sichtbar in den Auslagen einer Art Schaufenster platziert waren, und auf denen in einer fast bis zur Unleserlichkeit verschnörkelten Majuskelschrift Informationen für Kunden und Patienten niedergeschrieben waren. Die eine Tafel pries Hannibals alchimistische Hustentropfen an, die angeblich nicht nur bewirkten, daß sämtliche Krankheiten abgehustet, sondern diese abgehusteten Übel im Gegenzug auch noch einem Feind oder Widersacher angehustet werden konnten. Die andere Tafel wies die der dringenden Arznei Bedürftigen darauf hin, daß die Apotheke vorübergehend geschlossen sei, in sehr dringenden Fällen möge man doch bitte warten, bis wieder geöffnet würde, in dringenden Fällen aber möge man besser nach Hause gehen und am nächsten oder übernächsten Tag wiederkommen.

Kommissar Zaungast stufte seinen Fall als absolut vordringlich ein und als auf sein heftiges Pochen nicht gleich geöffnet wurde, da riß sich aus dem Urgrund seiner Kehle ein Gebrüll los, welches die wörtliche Drohung beinhaltete, daß ein großes Scherbengericht über Fenster und Türen der Offizin kommen werde, falls ihm, dem Kommissar, nicht augenblicklich Einlaß gewährt würde. Zaungast brauchte nicht lange zu warten, da öffnete sich im ersten Stock ein Fenster, eine Strickleiter fiel prasselnd an der Hauswand herunter, die unterste Sprosse pendelte sich einen halben Meter über dem Erdboden ein, so daß Zaungast einen Fuß darauf setzen konnte und sich sodann hangelnd nach oben auf das Fenster zu bewegte. Als sein breites, amboßgleiches Nußknackerkinn sich über den Fenstersims geschoben hatte, begrüßte ihn eine ungewöhnlich tiefe Frauenstimme mit den Worten:

„Habe die Ehre, Herr Kommissar, was wünschen der Herr Kommissar?"

Zaungast wuchtete seinen schweren Körper mit artistischer Gewandtheit durch das relativ niedrige und schmale Fenster. Er paßte so gerade da hindurch.

„Haschmich, Hallmich, ich bin der Frühling!" krakeelte Zaungast in den kahlen und kalten Raum hinein, steuerte gemessenen Schrittes auf eine verhüllte Frauensperson zu, die in einer Zimmerecke in sich zusammengesunken auf einem hölzernen Stuhl hockte und drohte: „Aus der Leiter werde ich dir beizeiten einen Strick drehen, alte Kräuterhexe, doch laß dir vorher noch von deinem Hannibal-Gemahl einen Cocktail zum Abhusten der Häßlichkeit anrühren, auf daß ich mich nicht zu sehr ekeln muß, wenn ich dereinst Hand an deinen Hals legen werde."

„Sehr freundlich, Herr Kommissar, sehr freundlich. Was verschafft uns die Ehre Ihres Besuches, Herr Kommissar?"

„Es geht mir um die Namhaftmachung eines ungenannten Konterrevolutionärs, des großen Revolutschers wider die neolithische Revolution", erklärte Zaungast.

„Nur um die Namhaftmachung, Herr Kommissar?" argwöhnte Tamara Hallmich.

„So ist es", erwiderte Kommissar Zaungast, „um die Habhaftmachung mögen sich spätere Generationen von Polizeiermittlern kümmern."

„Benutzen Sie dreimal täglich die Tinktur Plutos marantische Ambrosia. Vor dem Rasieren, nach dem Rasieren und während Sie sich rasieren", riet Tamara Hallmich,

„neutralisieren Sie die überschüssige Wirkung anschließend durch die Einnahme von Brechweinstein."

„Schweifen Sie nicht ab!" polterte Zaungast.

„Es dient Ihren Bestrebungen", sagte Tamara.

„Na gut, woraus besteht dieses Zeug, diese Ambrosia?"

„Sie wird nach einem streng geheim gehaltenen Rezept hergestellt, es handelt sich dabei um ein Gemisch von Kummerspeck, Kurare, Karmelitergeist, Sägemehl, Granatapfelextrakt, Nagellack und Mäusepisse", erklärte Tamara stolz. Das Mischverhältnis der einzelnen Bestandteile untereinander ist entscheidend für die Wirksamkeit des Mittels, weshalb ich Ihnen die Inhaltsstoffe ruhig nennen kann, ohne etwas von dem Geheimnis preiszugeben. Mögen der Herr Kommissar sich vielleicht selbst von der Wirksamkeit der Tinktur überzeugen?"

Der Kommissar lehnte dankend ab.

Tamara Hallmich fingerte ein kleines, verstöpseltes Fläschchen aus ihrem tief ausgeschnittenen Dekollete heraus und kippte sich den Inhalt hinter die Zunge. Ein Glucksen, ein Schnalzen, ein Rülpsen, dann ein Stöhnen.

„Maria Prophetissa", entäußerten sich dem Stöhnen zwei Worte.

„Malefizia Prophetissa, Futuria Prophetissa", konterte der Kommissar.

„Aus der Eins wird die Zwei, aus der Zwei wird die Drei, aus der Drei aber wird wieder die Eins, das Eine als Viertes", orakelte Tamara Hallmich, „eine uralte alchimistische Weisheit, Herr Kommissar."

„Verwaschene apokryphe Quaternität", urteilte Kommissar Zaungast abfällig, „das Vierte ist lediglich die Krücke, ohne die die Trinität nicht watscheln kann. Du weißt genau, Tamara, daß die Ganzheit , auf die du dich hier zu beziehen scheinst, daß diese ... äh ... Ganzheit das Unbestimmte und Unförmige schlechthin ist."

„Sie irren, Herr Kommissar", widersprach die reglos auf ihrem Stuhl hockende Frau, „die alchimistische Vereinigung der Gegensätze ist in ihrem Prozeß bereits weit fortgeschritten und steht kurz vor der Vollendung. Nur, da der Weg dorthin nicht zielgerichtet sondern chaotisch erscheint, ist für den Nichteingeweihten weder Ordnung noch ein Fortschritt zu erkennen."

„Die Vollendung hat keinen Wert", sagte Zaungast, „das immerwährende Suchen, das allerdings nicht an ein Ziel oder einen Sinn gekoppelt werden darf, muß zuletzt jede Illusion des Gefundenhabens wieder zerstören und wird sie auch zerstören."

„Die Menschen hier in unserer Straße ...", die Alchimistin stockte.

„Was ist mit den Menschen in dieser Straße?" fragte Zaungast.

„Nun, sie denken, daß hinter der großen Mauer etwas geschieht, etwas Bedrohliches oder Böses, dessen Urheber, Herr Kommissar, Sie sind."

„Glauben Sie das auch, Frau Hallmich?"

„Nein, ich glaube, es ist der serpens mercurii, das sich selbst erzeugende und zerstörende Schlangenmonster. Er ist unnahbar und doch ist er uns näher, als es uns lieb sein kann, vielleicht trennt uns nur eine Mauer von diesem Ungeheuer", sagte Tamara Hallmich.

„Eine Mauer, die in den Köpfen errichtet wurde", präzisierte Zaungast. „Kommen wir also zur ... äh ... Sache, Tamara. Der eigentliche Grund, der mich zu Ihnen geführt hat, ist der folgende: Ich möchte, daß Sie mir einen Tee mischen, Ablaßtee aus Birnen, zwei Zentner davon verpackt in Säcke aus Rupfen."

„Mir ist ein solcher Tee nicht bekannt, Herr Kommissar."

„Dieser Tee", erklärte Kommissar Zaungast, „dieser ... äh ... Tee reißt geistige Blockaden, Mauern und Schranken ein wie kein anderes Mittel."

„Ein solcher Tee hätte zweifellos eine verheerende Wirkung für diejenigen, die ihn trinken", meinte Tamara Hallmich und fügte noch hinzu: „Es ist nämlich gut, daß diejenigen, die davor sind, nichts von den Dingen wissen, die dahinter liegen; und es ist gut, daß diejenigen, die dahinter sind, nichts von den Dingen wissen, welche davor liegen."

„Und es ist gut", ergänzte Zaungast, „daß die meisten derjenigen, die darüber stehen, nichts von den Dingen wissen, die darunter sind, nur läßt sich diese Aussage nicht so ... äh ... mir nichts, dir nichts umkrempeln wie die deinige mit dem davor und dahinter, Tamara, leider nicht, muß ich ... äh ... sagen."

„Wo stehen Sie, Herr Kommissar?" fragte Tamara Hallmich.

„Nun, ich stehe daneben, denn ich bin Zaungast", erklärte Kommissar Zaungast. „Übrigens, da Sie eben schon den serpens mercurii erwähnten, so wollen wir andere gewichtige Fabeltiere nicht außer Acht lassen. Bleiben wir zunächst bei den Schlangenwesen, zum Beispiel der griechischen Echidna, einer Tochter des Phorkys und der Keto. Eine Höhle war ihre Geburtsstätte; Typhon, Typhoeus beziehungsweise Typhaon, der zerstörerische Gott des Sturmes, wurde ihr Gatte, dem sie zahlreiche schreckliche Monsterwesen gebar. Da wäre zum Beispiel Kerberos, der Höllenhund, ein dreiköpfiges Ungeheuer, manche alte Quellen sprechen sogar von fünfzig Köpfen. Dann ist da noch ein weiteres, zweiköpfiges Hundewesen zu nennen, das überdies aber noch über sieben Schlangenköpfe verfügte, also neunköpfig war: Orthos beziehungsweise Orthros. Dieser Bastard erzeugte mit seiner eigenen Mutter die sagenumwobene Sphinx, bevor er von Herakles erschlagen und somit seines elenden Hundedaseins beraubt wurde, der abwegigsten, entartetsten Daseinsform alles Lebendigen. Übrigens, der ... äh ... Sekretär des Zahnreißers Rotermund ist ein entfernter Abkömmling dieser verdammten Sphinx."

„Ihre Phantasie treibt seltsame Blüten, Herr Kommissar!"

„Das stelle ich nicht in Abrede, Tamara. Ja, die Sphinx, das seltsame Frauenantlitz mit dem Körper eines Löwen, der wiederum mit den Schwingen des Adlers versehen ist ... auch so ein Fabeltier. Kennen Sie das männliche ... äh ... Pendant zur Sphinx, Tamara? Nein? Es ist der geflügelte Stier der Assyrer, der einen Männerkopf auf seinem Körper trägt, er ist übrigens derjenige, der den König Nebukadnezar in den Wahnsinn getrieben hat. Aus dem König Nebukadnezar aber wurde schließlich der schreckliche Kaiser auf der Wurst, der in all seinem Größenwahn wiederum einem noch schrecklicheren Herrn untertan ist."

„Und wer, glauben Sie, ist dieser Herr, Herr Kommissar?"

„Wie es drückt und wie es ballt, bleibt's immer doch nur ungestalt", zitierte Kommissar Zaungast aus dem Faust, woraufhin Tamara Hallmich erbleichte.

„Und nun will ich Ihnen noch von der Hydra erzählen", fuhr der Kommissar fort, „auch ein Kind des Typhon und der Echidna. Wie Sie sicher wissen, verfügte dieses Biest über neun Köpfe, die am Ende von schlangenähnlichen Tentakeln saßen und die, wenn sie abgeschlagen wurden, immer wieder nachwuchsen. Neun waren übrigens vermutlich auch ursprünglich die Sirenen, die dann später erst zur Trias wurden. Geboren wurden sie aus neun Blutstropfen, die aus einer Wunde ihres Vaters Acheloos tropften. Dies geschah, nachdem Herakles dem Acheloos eines seiner Stierhörner abgebrochen hatte."

„Die alten Quellen erwähnen nirgends, daß es neun Blutstropfen waren", warf Tamara Hallmich ein.

„So", sagte Zaungast, „da kennen Sie sich also aus in der ... äh ... Mythologie?"

„Ein wenig, Herr Kommissar."

„Dann dürfte Ihnen vermutlich ... äh ... bekannt sein, daß das Lied der Sirenen neun Strophen hatte, was auch wieder nahelegt, daß es sich bei den Sirenen nicht um eine Trias, sondern um eine Enneade handelte. Nebenbei bemerkt, findet in einer der neun Strophen der ... äh ... Zaunkönig Erwähnung ... äh-häm." In Zaungasts Rachenhöhle brach sich kollernd ein Lachen Bahn, gurgelte den Schlund hoch und schwappte mit alles verachtender Respektlosigkeit über Lippen und Zunge.

Tamara konterte mit dem nahezu perfekt imitierten Krächzen eines Kolkraben.

„Die Nachtmahr", sprach Kommissar Zaungast, die Nachtmahr und ihre Neungestaltigkeit gibt mir am meisten zu denken. ‚Er begegnete der Nachtmahr und ihrer neunfachen Gestalt', Zitat Ende. Und dies ist nicht aus dem Faust, dies ist Shakespeare. Ich darf wohl annehmen, daß Sie mit den Werken Shakespeares einigermaßen vertraut sind?"

„Das darf ich mit Fug und Recht behaupten, Herr Kommissar."

„Es gibt da noch einen anderen großen englischen Dichter, jedoch von der Nachwelt verkannt und unverstanden, er stammte aus der gleichen Gegend wie Shakespeare. Sein Name ist Aleister Crowley. Ich vermute, er ist Ihnen kein Unbekannter?"

„Da vermuten Sie richtig, Herr Kommissar."

„Er stand in Diensten unseres gesuchten Konterrevolutionärs, des Revoluzzers wider die neolithische Revolution", sagte Zaungast, „ich fand in einem seiner Werke ein dementsprechendes ... äh ... Entrefilet, daß mir diesen Schluß quasi aufgedrängt hat."

Tamara Hallmich lächelte verächtlich.

„Crowley bezeichnete sich selbst als das Tier 666, den Antichristen aus der Offenbarung des heiligen Johannes", fuhr Zaungast fort. „Und diese Zahl 666, die laut einigen Mythenforschern eine verschlüsselte Information enthält, war schon Gegenstand der abenteuerlichsten Spekulationen, aber auf das Naheliegendste ist bisher noch niemand gekommen, nämlich diese Zahl einfach umzudrehen, auf den Kopf zu stellen. Auf diese Weise wird aus der 666 eine 999, drei mal die Neun. Nimmt man nun die Differenz zwischen der 999 und der 666, erhält man die 333, drei mal die Drei, und drei mal drei ergibt ... äh ... neun. Und drei plus drei plus drei ergibt ebenfalls neun. Crowley wußte wahrscheinlich um diese Zusammenhänge und bezeichnete sich auf verräterische Weise als das Tier 666, ohne dabei den Scharfsinn eines gewissen ... äh ... zukünftig ermittelnden ... äh ... Kommissars in Betracht zu ziehen."

Tamara Hallmich lächelte mitleidig.

„Ja", sagte Zaungast, der gute Mister Crowley führte mich durch seine offensichtliche ... äh ... Sorglosigkeit auf die Fährten zweier seiner Nachfahren im Geiste: Neuntöter und ... äh ... Neunauge."

Tamara gerann das Lächeln zur Fratze, ihre Züge zerflossen in Unförmigkeit, die Augen schienen ihr in schierem Terror zu versumpfen.

„Wo ist Ihr Gatte, Tamara, wo ist Hannibal?" fragte Zaungast ganz unvermittelt.

Die Frau war augenscheinlich zu keiner Antwort mehr fähig, der pure Schrecken hatte sich ihrem Gesicht aufbalsamiert. Zaungast registrierte es mit Genugtuung.

„Haben Sie nicht gehört, Tamara? Wo ist Hannibal? Ich möchte ihn sprechen."

Wortlos erhob sich die traumatisierte Frau, öffnete die Zimmertür und wankte – dem Kommissar voran – auf einer schmalen Stiege, die durch ein düsteres Treppenhaus abwärts führte, eine Etage tiefer, in das Erdgeschoß.

„Sie waren einmal verheiratet mit dem ... äh ... Puppenspieler Pisspoppen?" forschte Zaungast, während seine derben Tritte der hölzernen Stiege ein leidvolles Knarren abnötigten.

Nichts als ein albernes, vielleicht auch nur verschämtes Kichern bekam er zur Antwort.

„Was ist mit Pisspoppens Händen, Tamara?"

„Was soll schon damit sein?" Die Frau hatte ihre Sprache wiedergefunden.

„Wo habt ihr den Homunculus versteckt?" fragte Zaungast.

Frau Tamara Hallmich stieß einen spitzen Schrei aus. Sie deutete mit ihrem Finger auf eine niedrige Holztür mit der Aufschrift ‚Labor'.

Ohne vorher anzuklopfen oder sich sonst irgendwie bemerkbar zu machen, drückte Zaungast auf die Türklinke. Der Kommissar mußte sich bücken, um in das Labor zu gelangen. Dort stand ein Mann an einem langen Tisch, einer Art Tapeziertisch. Der Mann hielt ein Reagenzglas mit einer bernsteinfarbenen Flüssigkeit darin in den Händen, auf die er gebannt starrte. Zaungast betrachtete den Mann, einen schmächtigen kleinen Hänfling mit spitzmausigem Gesicht und zwei funkelnden Rattenaugen darin, ein grauer Ziegenbart hing ihm wie ein Eiszapfen vom Kinn herunter. Er trug einen schmutziggrauen, vormals weißen Arbeitskittel, der hinten vom Kragen bis zum Rockschoß mit Messingknöpfen zugeknöpft war. Auf dem langen Tisch waren zahllose Glaskolben, Kanülen, Phiolen, Retorten, Reagenzgläser, Mörser, Pillenschachteln und so weiter in scheinbar vollendeter Unordnung ausgebreitet. Auch poliertes, silbernes Besteck, Injektionsnadeln sowie allerlei seltsame Instrumente zu vermutlich fadenscheinigem Zweck lagen dort in erratischem Wirrwarr herum. Im Raum herrschte ein unangenehmer Karbol- und Kampfergeruch, was Zaungast sogleich naserümpfend registrierte. Der Mann im Kittel schien den Kommissar noch gar nicht bemerkt zu haben, so sehr war er in seine Beschäftigung vertieft.

„He, Sie!" sprach ihn Zaungast an, „was treiben Sie da? Quacksalber und Kurpfuscher schicken wir über die Delbrücke in die Verbannung, da wo des deutschen Spießers Wunderhorn ... äh ... für den richtigen Ton sorgt. Ist Ihnen das nicht bekannt?"

Schwerfällig hob der Mann seinen Kopf. „Mit wem habe ich die Ehre?" fragte er ein wenig herablassend.

„Zaungast, Kommissar Zaungast. Sind Sie Hannibal Hallmich?"

„Ja, was wünschen Sie?"

„Mit Ihnen reden, Meister. Über den Homunculus zum Beispiel."

„Hat Ihnen also der alte Pisspoppen dieses Ammenmärchen aufgetischt, Herr Kommissar? Ich hätte Sie, mit

Verlaub, nicht für so leichtgläubig gehalten, Herr Kommissar."

„Wer sagt Ihnen, daß ich es glaube?" schnaubte Zaungast verächtlich, „was ich aber glaube ist, daß in Ihrem Labor der Mörtel für die große Mauer angerührt wurde, deren Tage aber nun bald gezählt sind. Sie verfügen doch gewiß über gute Kontakte nach ... äh ... China, Meister Hannibal?"

„Durchaus nicht, Herr Kommissar, nein, durchaus nicht."

„Ihr Pattfüße steckt doch alle unter einer Decke", meinte Zaungast vorwurfsvoll, „doch Vorsicht, die Decke ist löcherig geworden, so löcherig, daß sämtliche Pattfüße nicht ausreichen, diese Löcher mit ihren Pattfüßen abzudecken. Sie können also getrost Ihren Fuß herunternehmen und die Informationen frei fließen lassen. Zur Belohnung schicke ich Ihnen eine Herde Kriegselefanten und stelle sie unter Ihr Kommando."

„Gut, ich schlage mich auf Ihre Seite, Herr Kommissar", sagte Hannibal Hallmich, während seine Frau Tamara in ein markerschütterndes Zirpen ausbrach, daß sämtliche Gläser im Raum in klirrende Schwingungen versetzte.

„Es ist der Se..., der Se..., der Se...", stotterte der Alchimist. Weiter kam er nicht. Seine Zunge schwoll ihm an und erstickte so jeden weiteren Versuch, sich mitzuteilen. Die Haut des Alchimisten bekam einen Stich ins Blaue, seine Backen bauschten sich nach außen, sein Hals war ein feister, geschwollener Zylinder geworden, die Augen traten aus ihren Höhlen. Zaungast glaubte schon, dem grausigen Erstickungstod des Alchimisten beiwohnen zu müssen, da schoß mit chamäleonhafter Eile ein Zungenmonster aus Hannibals weit aufgesperrtem Rachen hervor, das lang und länger wurde und dick und dicker.

Der Kommissar reagierte mit phänomenaler Kaltblütigkeit und ganz auf die Schnelle. Er würgte seinen roten Faden hoch, mit einem Zungenschnalzen spie er ihn aus und ließ ihn wie eine Luftschlange durch den Raum tänzeln, noch bevor Hannibals Riesenzunge ganz heraus war.

Hannibal Hallmich wähnte sich dem Erstickungstod bereits entronnen, da begann die monströse Zunge sich langsam um seinen Hals zu wickeln wie eine Würgeschlange, zu deren Ausmaßen die Zunge nun tatsächlich herangewachsen war. Der rote, schleimbehaftete Fleischstrang wand und schlang sich fester um den Hals und preßte langsam das Leben aus Hannibal heraus.

Die Ambulanz erschien mit überraschender Plötzlichkeit, legte den Alchimisten auf eine Trage und verließ den Raum ebenso schnell wieder, wie sie ihn betreten hatte.

Zaungast holte schlürfend seinen roten Faden ein.

Tamara Hallmich war in eine tiefe Ohnmacht gefallen.

Draußen auf der Pattstraße erklang nun das schaurige Geheul eines lästerlichen Wesens. Es war der Sekretär des Zahnreißers, der geifernd die Lefzen hochzog und mit einem teuflischen Grinsen den letzten Rest ihm noch verbliebener Menschlichkeit tief in den stygischen Abgründen seiner Seele beerdigte.

Denjenigen Lesern, die sich noch nicht näher mit den Kommissar Zaungast Chroniken befaßt haben, sei noch erklärt, daß der Kommissar sich durch einen halbseidenen Chirurgen ein seidenes Knäuel Garn in seine Eingeweide hatte implantieren lassen, rotes Garn, einen roten Faden, den er bei Bedarf heraufwürgen und auch wieder hinunterschlucken konnte. Über den Sinn dieser ungewöhnlichen Maßnahme ließ der Kommissar selten etwas verlauten, und dann auch nur so viel wie: „Dieser rote Faden ist nur der sichtbare Teil eines beträchtlichen Ganzen, das ungezwungenen Eigensinn in korrespondierende Ungeheuerlichkeiten versenkt, wenn es nicht Ihrem ordinären Verständnis widerspräche." Oder: „Er hat sie gemordet, ermordet hat er sie, er hatte keine Nase, aber sein Pullover leuchtete unzweifelhaft hellrot im Licht der spektral-analytischen Lüge, so konnte ich einigen Nutzen daraus ziehen."

Das Geheul von der Straße verebbte und verlor sich winselnd in der Ferne.

Zaungast rüttelte die ohnmächtige Frau wieder zur Besinnung und verlangte von ihr einige Gramm Gallengrieß. Damit ging er zum Arbeitstisch des Alchimisten. Der Kommissar deutete auf einen Mörser.

„Was ist das?" fragte er.

„Ein Mörser."

„Das trifft sich gut", meinte Zaungast, „denn ich möchte nun einen ... äh ... Morse-Code abschicken." Er verstreute den Gallengrieß auf dem Fußboden und trommelte mit dem Mörser einen hypnotisierenden Rhythmus auf den Tisch. Es dauerte nicht lange, da ließ sich von draußen der Brunftschrei des schwarzen Brüllaffen vernehmen, dem folgte nur wenige Augenblicke später ein Krachen und Bersten, das die Wände der alchimistischen Apotheke zittern machte. Zaungast grinste. Als er auf die Straße trat, hatte eine Staubwolke den unteren Abschnitt der Pattstraße vernebelt. Der Vorarbeiter und seine Männer hatten ganze Arbeit geleistet. Vom Haus des Zahnreißers war anscheinend nichts mehr übrig als eine Trümmerwüste. Zaungast blickte in die entgegengesetzte Richtung. Gar nicht mehr so weit entfernt von ihm ragte die große Mauer gigantisch und dräuend in den Himmel. Ein ebenfalls relativ hohes und weitläufiges Gebäude duckte sich im Schatten der großen Mauer ... die Kosmopolitenburg des Geheimen Rates Neuntöter. Auf dem unmittelbar davor gelegenen Grundstück, zwischen Apotheke und Burg, da protzte als eine quadratische Festung der Stammsitz der Vasallen mit seinen dicken Mauern, welchen Kommissar Zaungast die Absicht hatte, am nächsten Tage aufzusuchen.

Neuntes Kapitel

Der Stammsitz der Vasallen

„Die Halmamännchen marschieren wieder", flüsterte Zornelia von Vasall ihrem dösenden Gatten ins Ohr. „Hörst du? Reginald Rex, hörst du denn nicht?" Zornelia richtete sich, gebannt lauschend, im Bett auf.

„Du spinnst", sagte er und drehte sich mürrisch auf die andere Seite. Ruhe fand er dort nicht, denn nun hörte auch er ein Trippeln und Trappeln durch die Wand, vom Bad her, als wenn eine Kompanie von Zinnsoldaten auf den Fliesen des Badezimmers auf und ab marschieren würde.

„Wie spät ist es?" fragte er.

„Halb sieben!"

„Nicht die richtige Zeit für einen Spuk, es ist ja schon hell draußen", sagte Reginald Rex, „ich gehe mal nachschauen." Er schlug das Oberbett zurück, schlüpfte in ein paar Sandalen, die neben seinem Bett standen und schlurfte zögerlich in Richtung Bad. Seine Frau hörte auf das sich entfernende Schlurfen und vernahm dann plötzlich die aufgeregte Stimme ihres Mannes.

„Guten Morgen, Herr Major!" meinte sie laut und deutlich verstanden zu haben.

„Zu Diensten, Herr Vasall", antwortete jemand in einer ihr unbekannten Stimmlage. „Ja, einen wunderschönen guten Morgen. Wie lauten Ihre Tagesbefehle, Herr von Vasall?"

Ein aberwitziger Brüller, der die geballte Potenz Dutzender schwarzer, brunftiger Brüllaffen in zwei relativ winzigen Stimmbändern gebündelt hatte, verhinderte, daß Zornelia von Vasall die Tagesbefehle ihres Gatten mitanhören konnte. Zu Tode erschrocken trat sie an das Fenster heran, schob die Gardine ein wenig beiseite und gewahrte unten am Ufer des Teiches mehrere Männer, große, bedrohlich aussehende Männer, insgesamt fünf solcher Kerle. Die Vasallin erkannte in ihnen sogleich die allseits gefürchteten Arbeiter von der paramilitärischen Baustelle, denn sie waren mit Preßlufthämmern und Spitzhacken bewaffnet, ihr Anführer gar mit einer Abriß-birne, wie sie normalerweise höchstens mittels eines Kranes oder Baggers zu handhaben ist. Aber jener Hüne von Vorarbeiter hantierte mit dem Ding wie mit einem Spielzeug. Einer der dort unten am Teich versammelten Männer schien eine Sonderstellung einzunehmen, seine Gesten waren von einer lässigen, herablassenden Arro-ganz, sein Anzug von feinstem Stoff, nur die Schale ei-ner ausgehöhlten Pampelmusenhälfte, die er sich auf sein rechtes Auge gesetzt hatte, die wollte so gar nicht in sein allgemeines Erscheinungsbild passen und gab dem Betrachter – in diesem Fall der Betrachterin – Rätsel auf. Dieser außergewöhnliche Mann war Kommissar Zaun-gast.

Das Oberhaupt der Vasallen-Sippschaft, Reginald Rex Corbinus von Vasall, hatte offenbar seine Zwiesprache mit dem Major aus nahestehenden und lautstarken Grün-den beendet, betrat mit gehetztem Blick das eheliche Schlafzimmer, und noch ehe er Zeit fand, seinerseits ans Fenster zu treten, drang von unten ein Gebrüll zu ihm empor, das unmißverständlich an seine Adresse gerich-tet war.

„Vasall, du bist entthront. Wer vom Teufel so wie du entlohnt ...“

Reginald Rex preßte sich die Hände auf die Ohren, um das Folgende nicht mehr hören zu müssen, aber Zaun-gast hatte auch gar nichts mehr gesagt, beziehungswei-se gebrüllt. Dafür rotzten zwei Preßlufthämmer in ein-trächtigem doch irgendwie auch niederträchtigem Duett ein knatterndes Staccato in die Luft, als wollten sie mit aller Gewalt den morgendlichen Frieden in Fetzen reißen. Der Herr der Vasallen stürzte zum Fenster, stemmte beide Hände auf die Fensterbank, lehnte sich weit hinaus und schrie aufgebracht:

„Was ist hier los? Sind Sie wahnsinnig?"

„Öffne die Pforte deiner Burg, Vasall, auf daß es ihr nicht so ergehe, wie es dem bedauernswerten Hause Usher einst ergangen ist!" rief Zaungast zu ihm hinauf.

„Haben Sie einen richterlichen Durchsuchungsbefehl?"

„Nein, aber ich habe eine ritterliche Gesinnung, und auch meine guten ... äh ... Freunde hier verfügen über einen durchaus chevaleresken Charakter, möchte ich mal ... äh ... behaupten."

„So? Mir ist da was anderes zu Ohren gekommen!" Der Herr von Vasall sah mit Bestürzung, wie der Vorarbeiter seine Abrißbirne in eine schwingende Pendelbewegung versetzte, riß sich vom Fenstersims los und hatte es plötzlich ganz eilig, zwei Stockwerke tiefer zu kommen. Bevor er das Haus verließ, nahm er seine Drillingsbüchse aus dem Gewehrständer, fest entschlossen, sich und sein Heim mit allen ihm zu Gebote stehenden Mitteln zu verteidigen.

Unten am Teich hatten die Männer derweil den Schuh des Riesen entdeckt, der der Familie Vasall gelegentlich als Kahn für sonntagnachmittägliche Bootsfahrten diente. Zaungast war gerade im Begriff, den Schnürriemen zu lösen, mit dem der Bootsschuh festgebunden war, um eine Probefahrt mit dem Ding zu riskieren, als Reginald Rex Corbinus von Vasall mit der Drillingsbüchse im Anschlag aus seiner Burg gestürmt kam. Zaungast zog seine Dienstwaffe und feuerte ohne Vorwarnung. Tödlich getroffen sackte der Vasallenherrscher in sich zusammen. Mitten auf seiner Stirn hatte sich ein rotes, an den Rändern leicht angeschwärztes Wundmal gebildet.

Zornelia hatte alles von ihrem Fenster aus mit angesehen, zeigte jedoch keinerlei Gefühlsregung. Sie starrte einige Sekunden nach unten, dann löste sich ihre Erstarrung, ihre Hände regten sich und klatschten dem Kommissar lebhaft Beifall.

„Ergebensten Dank, Verehrteste", sagte Zaungast sichtlich gerührt, „es lebe die Emanzipation. Schafft ihn in den Kahn!" wandte er sich dann an die Bauarbeiter. Diese setzten die Leiche also auf Weisung des Kommissars in aufrechter Haltung in den Riesenschuh und knoteten Reginalds Hände mittels eines zufällig dort herumliegenden Taus an ein Paddel. Dann bugsierten sie den Schuh mit vereinten Kräften auf den Teich hinaus.

„Sie wünschen mich zu sprechen, Herr Kommissar?" flötete Zornelia von Vasall von oben herunter.

„Ja, Gnädigste, gesellen Sie sich doch zu unserer ... äh ... netten kleinen Teichrunde."

„Mit Vergnügen, Herr Kommissar", sagte die Vasallin und erschien wenig später am Ufer des Teiches.

„Sie wissen, meine Teuerste, es mußte sein", begrüßte sie der Kommissar, „mein aufrichtiges Beileid."

„Danke, Herr Kommissar ... für den Schuß, meine ich", fügte sie nach einigem Zögern hinzu und starrte etwas irritiert auf die Melonenhälfte, die Zaungasts rechtes Auge bedeckt hielt.

„Ja, es war nicht zu vermeiden, leider, ja, eine ... äh ... leidige Sache, das", sagte Zaungast, „dabei wollte ich mich doch nur ganz beiläufig hier umsehen."

„Und dafür bringen Sie gleich vier Herren mit?"

„Neun Augen sehen mehr als zwei", meinte Zaungast.

„Und was hoffen die neun Augen hier zu sehen?"

„Die Ahnengalerie zum Beispiel", sagte Zaungast.

„Wenn Sie mir dann bitte folgen würden!"

Der Kommissar und die vier Bauarbeiter folgten der Hausherrin in die Vasallenburg, stiegen eine breite, mit einem weinroten Läufer ausgelegte Marmortreppe hinauf bis zu einer Empore, wo an einer mit weißer Rauhfaser tapezierten Wand zahlreiche in Öl gemalte Portraits hingen. Mit forschenden Blicken schritt Kommissar Zaungast die Ahnengalerie ab, er erkannte Ahnfried, den Ahnherrn der Vasallen, dessen Angetraute Friederike von Störenfried sowie ihren geistig behinderten Sohn Wahnfried. Die Zwillinge Malefiz und Malefizia von Vasall konnte er ebenso schnell identifizieren wie Baldrian von Vasall, den friedfertigen Riesen, in dessen linkem Schuh nun sein Nachfahre Reginald Rex Corbinus als Leiche gespenstisch über den Teich glitt. Den Unhold Willibold aber suchte Zaungast vergeblich, man schämte sich seiner wohl wegen der zahlreichen Untaten, die er in seinem Leben begangen hat. Dagegen war Willibolds Frau, Biergittigitt vom unersättlichen Loch, mit ihrem Portrait in der Galerie vertreten, desgleichen ihre sieben zwergwüchsigen Spößlinge.

„Wer von denen ist Zoppzifoppzilopp?" fragte Zaungast.

„Der zweite von links."

Zaungast ging weiter und kam zum Portrait von Professor Isidor von Vasall, direkt daneben war das Bild seiner Gattin Ilsewill aufgehängt, die ihren Mann laut Halemeiers Aussagen vergiftet hatte, demzufolge an den Galgen und nicht an einen Bilderhaken hätte gehängt werden sollen, wie Zaungast meinte. Korbinian von Vasall war der nächste in der Ahnengalerie, an seiner Seite hing augenscheinlich das Portrait seiner Ehefrau, die der Zinngießer mit keinem Wort erwähnt hatte. Es schien dem Kommissar aber auch nicht so wichtig. Zu guter Letzt stand Zaungast vor dem Portrait des gerade eben verstorbenen Reginald Rex Corbinus von Vasall nebst dem Bildnis seiner Gattin.

„Erstens sind Sie nicht die dritte von links in dieser Ahnengalerie, meine Teuerste, zweitens fehlen zwei Portraits in dieser Galerie der Merkwürdigkeiten", sagte Zaungast vorwurfsvoll.

„Ach, Herr Kommissar, Sie spielen damit sicher an auf den frommen Enzian. Er fehlt allerdings, es war sein letzter Wille, den wir natürlich zu respektieren hatten, daß sein Bildnis hier nicht erscheinen darf. Aber ich habe hier ein ...", Zornelia von Vasall ging auf eine alte, eisenbeschlagene Eichentruhe zu, hob mit Mühe den schweren Deckel hoch und kramte mit ihren Händen darin herum. „Ja", sagte sie schließlich, „hier habe ich ein Erinnerungsstück an ihn", bei welchen Worten sie dem Kommissar zwei schwarze Stofflappen hinhielt.

„Scheuklappen!" meinte Zaungast verwundert, „war der fromme ... äh ... Enzian ein Pferd?"

„Nein, er war Priester", erklärte Zornelia, „Priester, Asket und Scheuklappenträger. Die Scheuklappen trug er immer dann, wenn er sich in der Öffentlichkeit bewegen mußte, und zwar, um sein Blickfeld einzuschränken, falls er auf seinen Wegen einer Frau oder einem Mädchen begegnen sollte, nur damit er sie nicht ansehen mußte, um so halt nicht auf sündige Gedanken zu kommen."

„Allermerkwürdigst", meinte Zaungast und fuhr sich leicht mit den Fingerkuppen über seine Pampelmusenschale.

„Ja, Herr Kommissar, und beim unvermeidbaren Gang zur Toilette trug er ebenfalls seine Scheuklappen, damit sündhafte Körperteile seinen Blicken verborgen blieben. Auch badete er aus demselben Grund stets in finsterstem Dunkel."

„Äh ... gewiß sehr interessant, doch hatte ich nicht den frommen Enzian im Sinn, als ich Sie auf die zwei fehlenden Portraits aufmerksam machte."

„Dann können Sie nur noch den Unhold Willibold gemeint haben, Herr Kommissar."

„Den und noch einen anderen, ich bin nämlich auf der Suche nach ihm, nach dem ... äh ... anderen."

„Wen suchen Sie, Herr Kommissar?"

„Ich suche das abschreckende Beispiel, Gnädigste."

„Ach, davon gibt es doch viele."

„Nein, ich habe noch keines gefunden. Im Gegenteil, sie haben sich im Nachhinein und bei näherer Betrachtung alle als verlockend und anziehend erwiesen, als nachahmenswert sozusagen."

„Aber Herr Kommissar, haben Sie denn keinen Spiegel zu Hause?"

„Nicht so vorlaut, Vasallin, hüte Deine Zunge, denn eh mir die Milch der frommen Denkart vollends gerinnt, verrate mir besser geschwind, wo ich find den Vieh-Du-Kind!"

Die Gesichter der Ahnengalerie, die in unbeweglicher Starre von den Wänden herabsahen, durchzuckte plötzlich ein Mienenspiel der Lebendigkeit. Dann öffneten sie ihre Münder und begannen laut zu husten, husteten dicke Staubwolken auf die Empore, Staub, der auch bald den ganzen Raum ausgefüllt hatte.

„Das ist Vernebelung!" tobte Zaungast, „Vernebeler schicken wir über die Delbrücke in die Verbannung! Dorthin, wo der Spargel stolz und steil in die Höhe ragt, die Schwänze aber ganz schlapp und kopfhängerisch nach unten fallen!" Dann griff der Kommissar nach seinem Taschentuch, um seine Atemwege vor dem Staub zu schützen. „Wasser", grunzte Zaungast durch das Taschentuch hindurch.

Zornelia von Vasall bedeutete ihm durch ein Handzeichen, ihr zu folgen. Sie marschierten dann allesamt direkt in den Speisesaal der Vasallenburg, der von der Empore aus durch eine große zweiflüglige Tür zu erreichen war. Die Vasallin voran, danach Kommissar Zaungast, und die Bauarbeiter stapften hinterdrein in einen unwirtlich kalten, zugigen Raum. Der Wind fauchte und heulte und schaufelte durch die schlecht isolierten Fenster Kälte in den Raum, was den Kommissar verwunderte, denn unten am Teich hatte noch mehr oder weniger Flaute geherrscht.

„In welcher Höhe befinden wir uns in diesem Stockwerk?" fragte Zaungast, „fünftausend Meter über dem Meeresspiegel?"

„Wenn Sie damit auf den Wind anspielen, Herr Kommissar ... er kommt von drüben, von der Kosmopolitenburg des Geheimen Rates Neuntöter. Es sind seine Windhunde, sie proben ständig ständig für die angeblich bevorstehende große Sturmflut, sie proben den Weltuntergang."

„Und warum blasen diese Viecher nicht in Richtung große Mauer?"

„Das weiß ich nicht, Herr Kommissar. Hier haben Sie Ihr Wasser. Die anderen Herren auch?"

„Bier!" ließ sich daraufhin ein vierstimmiges Blöken vernehmen.

„Bedaure", sagte die Hausherrin, „Bier haben wir nicht", worauf der Vorarbeiter seine Abrißbirne in sanfte Schwingungen versetzte, die sich schnell in heftige, kreiselnde Bewegungen hinein steigerten, bis der birnenförmige Eisenklotz schließlich wie das Lasso eines Gauchos über des Vorarbeiters Kopf wirbelte.

„Herr Kommissar?" bemerkte der Polier fragend und unter leichtem Schnaufen.

„Nur zu!" meinte Zaungast.

Das schwere Geschoß sauste durch den Raum und brach den Widerstand der gegenüberliegenden Wand, als sei eine Granate dort eingeschlagen. Es krachte, es rumorte und es staubte.

„Dies scheint mir ein ... äh ... staubiges Haus zu sein", sagte Zaungast und genehmigte sich einen Schluck Wasser.

Als sich der Staub etwas verzogen hatte und den Blick auf die getroffene Wand freigab, da klaffte dort ein enormes Loch im Gemäuer. Und in diesem Loch hockte eine zusammengekauerte, mumienhafte Gestalt, ein mit Leder überzogenes Geripe, das aus starren, toten Augen in den Saal starrte, die verknöcherten Arme um die verknöcherten Knie gewunden.

„Wer ist dieses Gespenst?" fragte Zaungast.

Zornelia von Vasall schwieg.

„Es ist, beziehungsweise es war Vieh-Du-Kind von Vasall", beantwortete sich Zaungast die Frage selbst. „Herr Polier, ein Volltreffer, Gratulation! Das Vieh ist also keineswegs unsterblich, wie ... äh ... behauptet wird." Der Kommissar näherte sich der Mumie, um sie etwas gründlicher in Augenschein zu nehmen, der Schachtmeister hielt sich dabei dicht an seiner Seite. „Da haben wir ja das abschreckende Beispiel", meinte Zaungast. Der

Kommissar und der Schachtmeister grinsten sich an.
„Und nun raus mit der Sprache, ist es Vieh-Du-Kind?"

Zornelias Kopf neigte sich in einem kaum merkbaren
Nicken.

„Ich werde eine Karikatur von ihm anfertigen, dann
kann er meinetwegen verscharrt werden. Bringen Sie mir
also bitte einen Stift und einen Zeichenblock."

In diesem Moment öffnete sich die große Flügeltür. Ein
Mann trat in das Speisezimmer. Er war alt, ohne alt zu
wirken; er war wachsam, obwohl er einen verschlafenen
Eindruck machte; er war intelligent, ohne daß man es
ihm angesehen hätte; er war sterbenskrank, obwohl seine äußere Erscheinung dem Betrachter einen mopsfide-
len Eindruck suggerierte. Aber er schien zutiefst böse
und von Haß erfüllt, und das war er auch. Und nicht zu
vergessen, er war trotz seiner Intelligenz ein Vollidiot.
Der Mann hielt ein Tablett mit drei Gedecken darauf in
den Händen und stellte dieses auf dem Eßtisch ab. Ohne
die im Raum Anwesenden auch nur eines Blickes zu
würdigen, steuerte er sogleich auf den mumifizierten Melmoth der Vasallen zu, um vor diesem knöchern-ledernen
Gespenst auf die Knie zu fallen und es in stummer Andacht anzustarren.

„Korbinian von Vasall", sprach Zaungast den Knieen-
den an, „wie kommt es, daß er nicht in seinem Bette
liegt, alter Schurke?"

Der Mund des Alten bewegte sich, als wollte er etwas
zerbeißen, Flüche, wie Zaungast vermutete, die er daran
hindern wollte, unbedacht von der Zunge zu flutschen.
Der Kommissar trat näher an den Mann heran. Ein war-
mes, stinkendes Zephirsäuseln, das kaum hörbar einer
unanständigen Körperöffnung entschlüpfte, legte Zaungasts Stirn in ein mißbilligendes Gefältel, doch die unan-
ständigste Körperöffnung war ohne Zweifel der Mund des
Alten, eine Eigenschaft, die er wohl mit den meisten
Menschen teilte. Im Augenblick begnügte sich sein Mund
damit, ein giftendes Zischen von sich zu geben, wie eine
Ratte, die sich auf den Schwanz getreten fühlt. Kom-

missar Zaungast verspürte die leise Versuchung über sich kommen, seiner Faust die Wach- und Schließgewalt über diesen ungehörigen Mund zu übertragen.

„Wer hat diesen Frevel zu verantworten?" fragte der alte Korbinian und drehte sich lauernd zum Kommissar um.

„Ich", sagte Zaungast.

„Wo ist mein Sohn?"

„Tot", sagte Zaungast.

Korbinian von Vasall gab plötzlich ein schnatterndes, unverständliches Gelispel von sich, wobei seine Zunge immer wieder wie ein Bajonett aus seinem Munde hervorstach. Er geiferte sich in höchste Erregung hinein und wollte tatsächlich in seiner beinahe däumlingshaften körperlichen Unterlegenheit den riesigen Kommissar angehen.

Nur einmal holte der Vorarbeiter mit seiner Abrißbirne aus, dann verteilten sich die sterblichen Überreste Korbinian von Vasalls breiig auf dem Parkettboden, welcher zudem von dem Schlag auch noch selbst arg in Mitleidenschaft gezogen wurde.

„Bravo", sagte Zornelia von Vasall teilnahmslos, „ich danke Ihnen, mein Herr."

Der ungeschlachte Schachtmeister versuchte sich an einer galanten Verbeugung, erinnerte dabei aber eher an einen Tollpatsch als an einen Galan.

„Nun haben wir immerhin drei Leichen", sagte Zaungast, „bedauerlich, bedauerlich, und die ... äh ... bedauernswerte Herrin von Vasall ..."

„Oh, ich trauere keinem von den dreien nach, Herr Kommissar."

„Das meine ich auch gar nicht, verehrte Zornelia, bedauernswert sind Sie in anderer Hinsicht, weil nämlich den Herrschaftssitz der Vasallen wohl das gleiche Schicksal ereilen wird, das auch dem Hause Usher zuteil geworden ist. Dies wird sich, fürchte ich, nicht vermeiden lassen, es sei denn ..."

„Reißen Sie diese Mauern ruhig nieder, sie sind fluch-beladen", sagte die Vasallin.

„Darauf wollen wir anstoßen", sagte Zaungast und hielt sein Wasserglas hoch. „Prost!"

„Prost, Herr Kommissar."

„Bier ... Bier ...", murrten die Herren von der paramilitä-rischen Baustelle ungehalten.

„Haben Sie kein Personal im Hause, das meinen Leu-ten ein paar Flaschen Bier holen könnte?" fragte Zaun-gast die Hausherrin.

„Nein, bedauere, wir haben kein Personal."

„Man sieht es an Ihrem Geschirr", sagte Zaungast, „dermaßen versaute Teller sind mir ja noch nie zu Ge-sicht gekommen."

„Die Vasallen essen ihr Brot von alters her von schmut-zigen Tellern, tauchen es aber vor dem Verzehr in Sei-fenlauge."

„Das ist eine ... äh ... merkwürdige Tischsitte."

„Bier ... Bier ..." moserten die Bauarbeiter immer unge-haltener.

„Männer, Kämpfer, Helden, Kavaliere!" orgelte sich Zaungast durch sämtliche Stimmregister, „ihr habt es ge-hört, hier gibt es weder Personal noch Dienstboten, die euch Bier holen könnten."

„Pfui, pfui!" tobten die Arbeiter.

„Wenn wir hier aufgeräumt, tabula ... äh ... rasa ge-macht haben", beschwichtigte Zaungast, „gibt es Freibier soviel ihr trinken könnt, denn dann werden wir die Scha-tulle stürmen und bis auf den letzten Tropfen trocken le-gen."

Diese Worte lösten einen Begeisterungssturm bei dem Malocher-Quartett aus, der so lange andauerte, bis das Gesicht des Vorarbeiters plötzlich immer lang und länger wurde; er pumpte Luft in seine Lungen und stieß sie schnaubend wieder aus, sein Brustkorb hob und senkte sich wie ein Blasebalg, seine Augen traten aus ihren Höhlen, ein Zittern erfaßte den riesigen Körper, dann aber stieß er einen Schrei hervor, einen Brunftschrei, den

Brunftschrei des schwarzen Brüllaffen, einen Schrei brunftiger Urgewalt, der in weiten Teilen der Zentralstadt zu hören war, der bis auf das Gelände des städtischen Zoos hinüberschallte, wo er einen Aufruhr im Gehege der Brüllaffen auslöste, die paarungsbereiten Weibchen rüttelten wie irrsinnig an den Gitterstäben, die ihnen die Freiheit vorenthielten, die Männchen aber duckten sich verängstigt in die Käfigecken. Das Alpha-Männchen verübte Selbstmord. Den im Speisesaal der Vasallen Anwesenden zerrüttete es die Gehörsnerven, eine Glasvitrine mitsamt dem darin enthaltenen Porzellan sah sich genötigt, ihrer bisherigen Form zu entraten und in Formlosigkeit zu zersplittern. Allein Kommissar Zaungast gelang es, seine Contenance zu wahren und so war Zaungast auch der erste, der auf die Ursache stieß, die einen solchen eruptiven, markerschütternden Gewaltschrei ausgelöst hatte.

Die Leiche Vieh-Du-Kinds war verschwunden.

Nachdem sie sich das Klingeln aus den Ohren geschüttelt hatten, sahen es auch die anderen. Die Mumie hatte sich entweder aufgelöst, war zu Staub zerfallen oder aber ...

„Er ist spuken gegangen, er ist unsterblich", fand Zornelia von Vasall als erste erklärende Worte für das mysteriöse Verschwinden des mumifizierten Vieh-Du-Kind.

„Jetzt machen wir die Bude platt", sagte Zaungast entschlossen, wenn er denn spuken gegangen ist, so kann er jedenfalls nicht mehr hierher zurück. Und wenn hier aufgeräumt ist, dann gibt es Bier bis zum Abwinken. An die Arbeit, Leute!"

„Wir könnten noch Verstärkung von der Baustelle anfordern", schlug der Polier vor, „es geht dann schneller."

„Gut, wie viele Leute stehen Ihnen dort noch zur Verfügung?"

„Insgesamt acht, Herr Kommissar. Zwei sollten als Wachtposten dort weiter die Stellung halten, die anderen sechs können sofort anrücken."

„Ist in Ordnung, Herr Schachtmeister, lassen Sie die Männer kommen."

Wenig später begannen neun preßluftbehämmerte Männer unter dem Kommando eines die Abrißbirne leicht und locker wie ein Lasso schwingenden Riesen mit dem Sturm auf die Mauern des Stammsitzes der Vasallen.

„Halt!" Zornelia von Vasall war es, die noch einmal Einhalt geboten hatte.

„Was ist?" fragte Zaungast.

„Der Major ist noch irgendwo da drinnen."

„Welcher Major?"

„Der Kompaniechef der Halmamännchen."

Zaungast wurde hellhörig. Handelte es sich bei diesem Major eventuell um den geheimnisvollen Homunculus des Apothekerehepaares? Aber wie sollte man so einen kleinen Mann finden, der sich quasi in jeder Mauerritze verstecken konnte? Das beste wäre wohl, die Männer ihre Arbeit tun zu lassen, das vereinte Gebrüll von neun Preßlufthämmern würde den Major schon aus seinem Schlupfwinkel hochschrecken. Deshalb sagte Zaungast auch:

„Darauf können wir jetzt keine Rücksicht mehr nehmen."

Das Staccato der Preßlufthämmer wummerte wahre Salven brachialer Zerstörungswut heraus, was die Wände des Vasallenstammsitzes gleich beim ersten Ansturm erzittern ließ. Die Abrißbirne legte beredtes Zeugnis ab von der Gewalttätigkeit ihres innersten Wesens. Die zehn Bauarbeiter stimmten dazu einen Chorgesang von wagnerischem Pathos an, der der Orchestrierung durch ihre zerstörerischen Werkzeuge an Lautstärke durchaus Paroli bieten konnte. Das Schicksal des ehrwürdigen Stammsitzes der Vasallen besiegelte sich also auf die gleiche Art und Weise wie ehedem das Schicksal des Hauses Usher.

Die Truppe von der paramilitärischen Baustelle leistete ganze Arbeit, das Gemäuer fiel schnell in sich zusammen, und von der Heimstatt der hochwohlgeborenen Vasallenfamilie blieb am Ende nichts als eine amorphe Trümmerlandschaft übrig.

Die Anwohner der Pattstraße hatten sich indes zusammengerottet, aus irgendeinem Grund waren sie zusammengekommen, starrten in das Trümmerfeld und strebten dann dem Ausgang der Pattstraße zu, da wo die paramilitärische Baustelle mittlerweile zu einer festen, wenn auch allgemein wenig beliebten Institution geworden war. Zornelia von Vasall machte nun Anstalten, sich den übrigen Pattfüßen anzuschließen.

„Halt!" befahl Kommissar Zaungast, „hier geblieben! Zornelia von Vasall, ich verhafte Sie ... äh ... erstens wegen Leichenfledderei, zweitens wegen Mordes an Ihren Kindern."

„Aber ich hatte nie Kinder ..."

„Egal", sagte Zaungast, „Herr Schachtmeister, walten Sie Ihres Amtes und richten Sie sie!"

„Dürfen meine Leute sie vorher vergewaltigen, Herr Kommissar?"

„Meinetwegen", meinte Zaungast achselzuckend.

Gespenstisch glitt der Riesenschuh mit dem toten Reginald Rex über das stille Wasser des Teiches dahin, während irgendwo in dem Ruinenhaufen die Bauarbeiter sich an Zornelia von Vasall vergingen, um sie dann anschließend zu richten ... und während zahlreiche Anwohner der Pattstraße der Schatulle zustrebten, wo noch am selben Tag die große Ratsversammlung der Pattfüße abgehalten werden sollte.

Zehntes Kapitel

Die große Ratsversammlung der Pattfüße

„Die Ratsversammlung hat beschlossen, daß die Ratsversammlung eröffnet und somit beschlußfähig ist."

„Einspruch! Die Ratsversammlung kann keinen Beschluß fassen, da sie offiziell noch gar nicht eröffnet worden ist. Sie ist demnach, entgegen Ihrer Annahme, mein Herr, mithin noch gar nicht beschlußfähig."

Stimmen von links: „Ja."

Stimmen von rechts: „Nein."

„Entschuldigung, die Ratsversammlung kann nicht eröffnet werden, wenn die Ratsversammlung dies nicht offiziell beschließt."

„Die Ratsversammlung rät dringend zur Beschlußfassung, die Ratsversammlung zu eröffnen, da die Ratsversammlung nicht als beschlußfähig gelten kann, so lange dies noch nicht geschehen ist."

Eine Person mit einer Nilpferdmaske erscheint und stellt einem jeden der Anwesenden einen Freßnapf an seinen Platz.

„Haben alle ein Gleiches in ihrem Napf zugeteilt bekommen?"

Stimmen von rechts: „Ja."

Stimmen von links: „Nein."

„Wer sieht noch eine Möglichkeit, unsere Straße vor dem sicheren Untergang zu retten? Keine Wortmeldung?"

„Kommt Zeit, kommt Rat."

„Die Ratsversammlung ist also eröffnet und somit auch beschlußfähig."

„Ich befürworte die Errichtung eines Kultourismus-Büros in unserer Straße."

„Was, hier in der Pattstraße?"

„Ja."

„Aber solange diese Vandalen von der paramilitärischen Baustelle hier ihr Unwesen treiben ..."

„Schachgroßmeister Pattmann soll sich immerhin bereit erklärt haben, den ..."

„Lassen Sie um Gottes Willen den Pattmann aus dem Spiel."

„Aber ..."

„Nichts aber. Stellen Sie einen Antrag, Befürworter?"

„Nein."

„Tut mir leid, dann wird auch nichts aus der Sache."

„Stellen Sie doch bitte mal das Grammophon an, Herr Schankwirt."

„Patta, patta ..." plärrt es aus den Lautsprechern.

„Patta, patta ..." fällt die ganze Gesellschaft in den Refrain ein.

„Ich befürworte das Anlegen eines Klettergartens an der großen Mauer und die Aussetzung eines Preisgeldes für denjenigen, der es als erster bis nach oben schafft."

„Aber er wird von oben nichts sehen, nur den Dunst, den man auch vom Flugzeug aus sehen kann, den Dunst, der alles jenseits der Mauer verhüllt."

„Es ist Dunst aus einer Hexenküche."

„Alchimistenküche."

„Nein, es ist Nebel, der aus einem verwunschenen Brunnen aufsteigt."

„Wer es riskiert, sich zur anderen Seite hin abzuseilen, der kriegt seinen Sarg gratis."

„Moment, wer kommt dann für die Bestattungskosten auf?"

„Die Wohlfahrt."

Ein aggressives Gebell durchschallt hallend den Raum, ein abgekläffter Schluckauf, der unverhofft in ein Winseln umschlägt.

„Wer ist für diesen neuen Antrag? Nur zwei Ja-Stimmen? Damit ist der Antrag abgelehnt."

Ein epidemisches Gewinsel verpestet nun zunehmend die Akustik im Saal, der faulige Atem aus einem Hunderachen verpestet die Atemluft.

„Nieder mit dem paramilitärischen Spitzhacken-Terrorismus!"

„Jawohl, nieder, nieder!" (vielstimmig)

„Die Erkenntnis kam zu später Stund' ... als Zahnreißer Doktor Rotermund ... eine Abrißbirne in seinem Garten fund."

Das Gewinsel, das zwischenzeitlich in einem kaum hörbaren Hecheln erstorben war, lebt wieder auf und steigert sich zu einem schwefelsauren Gejaule, das vergeblich den Ausweg in ein befreiendes Knurren sucht.

„Linsensuppe ist fertig!"

„Ho, ho, ho, ahoi, ahoi!" (mehrstimmig)

Die Person, die ihr Gesicht unter der Nilpferdmaske verborgen hat, stellt eine Terrine mit Linsensuppe in die Mitte des Tisches.

„Wau, wau! Wau, wau! Wau, wau, wau! (kanonisch)

„Pfui Teufel, das sind ja gar keine Linsen ... das ist ... das sind ... Hasenküttel, das ist ja wahrhaftig Kaninchenkacke!"

„Das Rezept ist vom Kriminalen Zaungast, mit den besten Empfehlungen vom Kommissar an seine geschätzten Pattfüße."

„Was ist da noch alles drin?"

„Silberwurz, Eisenkraut, Thujenextrakt, Zeisigscheiße, Wasser aus dem geheimen Vermutloch und jede Menge Grind."

„Wohl bekomm's!"

„Das Zeug esse ich nicht."

„Ich auch nicht."

„Herr Schankwirt, wo bleibt das Bier?"

„Der Kommissar hat die Bierleitungen amtlich versiegeln lassen."

„Unerhört! Aber servieren Sie nun doch die leckeren Embryoneneier vom Perlhuhn!"

Die Person in der Nilpferdmaske trägt eine riesige guß-eiserne Pfanne an den Tisch und verteilt Spiegeleier, die bereits bebrütet waren und die mehr oder weniger deutlich entwickelte Hühner-Embryonen enthalten. Man vernimmt ein lautes Schlürfen, Schmatzen, hin und wieder ein Knacken. Nach Beendigung der Mahlzeit werden die Teller vom Nilpferdgesichtigen abgeräumt.

„Terroristen, Tenöre und Termiten kennen gleichermaßen die Ambivalenz des Terrors."

„Auch die Territorialität ist schließlich ambivalent."

„Die Territorialität im totalitären Termitenstaat lenkt aber ab von ..."

„Moment, die Territorialität im Termitenstaat fußt auf Solidarität statt auf Totalitarismus, sie ist Sozialismus in Reinkultur."

„Termiten verstehen nichts von Ambivalenz, weniger noch als Terroristen oder Tenöre."

„Der Held erstickte an einer Spaghetti, da liegt die Sau, alles paletti, sagte die Heldin, seine Frau, am Kabel hängt ein jau, an der Angel hängt ein Kabeljau."

„Moment, ich muß doch sehr bitten, ja. Wir sind hier nicht beim literarischen Stammeltisch!"

Stimmen von links: „Nein."

Stimmen von rechts: „Ja."

Stimmen von links und rechts: „Horch!"

Schaurig schallt der Schrei des schwarzen Brüllaffen von der paramilitärischen Baustelle herüber. Marschtritte und ein dumpfer Gesang ertönen von der Straße.

„Sie kommen!"

„Ob sie uns verschonen werden?"

„Bier her, Bier her, oder ich fall um!" klingt es von draußen herein.

„Die Ratsversammlung der Pattfüße hat soeben beschlossen, die Ratsversammlung zu beschließen."

„Jau, jau! Wau, wau!" (im Chor)

Der Gesang von der Straße hatte abrupt aufgehört. Aber jeder im Raum vernahm deutlich, daß die wilde Horde der Bauarbeiter in die Schatulle eingedrungen war, sie mußten sich schon unmittelbar vor der Tür des Schankraums befinden. Diese Tür wurde nun von außen geöffnet. Ein Mann mit einer von eisiger Laune eingefrorener Grimasse betrat den Schankraum. Er mußte sich bücken, um durch den Türrahmen zu gelangen. Es war Kommissar Zaungast. Hinter ihm kam ein weiterer Goliath, noch ein paar Zentimeter größer als der Kommissar. Es war der Schachtmeister. Neun weitere Riesen folgten.

„Herr Wirt, meine Herrschaften", grüßte Zaungast mit einem kaum wahrnehmbaren Neigen seines Kopfes. „Sie können das Siegel von den Bierleitungen wieder entfernen. Wendelin von der Wohlfahrt spendiert heute Freibier, bis auch das letzte Faß im Bierkeller der Schatulle leer und hohl geworden ist, so hohl und leer wie einige Köpfe jenseits der ... äh ... Delbrücke."

„Es lebe Wendelin! Hoch Wendelin!" brüllte ein vielstimmiger Chor in spritzig sprühender Vorfreude.

„Der Kommissar! Es lebe der Kommissar! Ein dreifach gedonnertes Hoch auf den Herrn Kommissar!" degradierte nun die Stentorstimme des Schachtmeisters die Schreienden zu einem asthmatischen Eunuchenchor.

„Es lebe der Kommissar! Hoch lebe der Kommissar!" krakeelte der ganze Bautrupp unisono, nur die versammelten Pattfüße mochten nicht mit einstimmen in die Hochrufe auf den Kommissar. Der Wirt ließ Bier in die Gläser schäumen. Zaungast trat auf ihn zu und fragte:

„Sie Schlingel, haben Sie dem Major hier in Ihrem Kabuff Asyl gewährt?"

„Nein, Herr Kommissar. Gewiß nicht, Herr Kommissar."

„Dann wird es wohl dieser ... äh ... Geheime Rat Neuntöter gewesen sein, der ihm Asyl angeboten hat." Zaungasts Blicke bestrichen jeden Winkel des Raumes und blieben dann an der Terrine mit der Linsensuppe haften, die noch immer unberührt auf dem Tisch stand. „Wer hat denn da seine Suppe nicht ausgelöffelt?" fragte er mit gestrenger Miene.

Schweigen herrschte im Raum.

„Herr Schachtmeister", sagte Zaungast, „servieren Sie bitte den ehrenwerten Gästen dieser ... äh ... ehrenwerten Schatulle diese vorzügliche Linsensuppe. Werfen Sie aber vorher einen Blick in den Topf, um festzustellen, ob eventuell noch etwas daran fehlt."

Der Schachtmeister senkte seinen forschenden Blick in die Suppenterrine. „Huflattich fehlt noch, Herr Kommissar", sagte er mit einem bösen Grinsen.

„Ich entnehme Ihrem Gesichtsausdruck, daß Sie wissen, was das bedeutet."

„Aber ja, Herr Kommissar", sagte der Schachtmeister.

„Und jetzt, Männer!" krakeelte Zaungast, „ab in den Keller und ran an die Fässer. Nehmt Krüge mit oder hängt euren Hals gleich direkt an das Spundloch."

Unter ausgelassenem Gejohle erstürmte die wilde Horde den Kellereingang und nicht eine einzige Hand streckte sich nach dem Regal aus, um sich vorher noch schnell eines Bierseidels zu versichern.

Im Schankraum war es mucksmäuschenstill geworden, während im Keller der Schatulle ein Tohuwabohu undistinguierten Lärmens losbrach. Nicht einmal ein Herbert von Karajan hätte dem Einhalt gebieten können. Die Pattfüße sahen einander schaudernd an und wagten kaum, sich zu rühren. Der Wirt genehmigte sich einen Schnaps, der ihm die Sorgenfalten aber nicht ausbügeln konnte. Nach einer guten Viertelstunde wurde plötzlich die Tür geöffnet. Kommissar Zaungast trat in die Schankstube. Wegen des Lärms unten hatte ihn niemand kommen hören.

„Herr Kommissar, läuft alles zu Ihrer Zufriedenheit?" erkundigte sich der Wirt vorsichtig.

Zaungast hatte ihn nicht verstehen können, die Lärm- und Sauforgie im Schatullenkeller gestaltete eine Verständigung überaus schwierig. Aber Zaungast konnte einem Menschen, jedem Menschen, die Worte von den Lippen ablesen. Und er nickte zur Bestätigung.

„Werden Sie mein Haus verschonen?" fragte der besorgte Wirt.

Im selben Moment, da er dies sagte, erschütterte ein Beben die Mauern des Hauses, Gläser klirrten und gingen zu Bruch, Flaschen purzelten aus den Regalen und verplemperten ihren Inhalt auf den Holzboden. Der Lärm von unten schien nun die Kellertreppe hinauf zu branden, ein neuerliches Beben, begleitet von einem dumpfen Knall, brachte noch größere Erschütterung über das Haus, der Putz rieselte von den Wänden, in einer Wand zeigte sich ein klaffender Riß.

„Nichts wie raus hier!" schallte es in höchster Dringlichkeit durch den Raum. Niemand wußte, wer gerufen hatte, doch alle befolgten das Kommando. Auch Kommissar Zaungast begab sich, wenn auch ohne jede Hast, nach draußen. Von dort beobachtete er dann mit diebischem Vergnügen, das die anderen Herrschaften verständlicherweise nicht teilen konnten, wie die altehrwürdige Schatulle, Heimstatt des noch ehrwürdigeren literarischen Stammeltisches mit paramilitärischer Gründlichkeit demoliert wurde. Schon klafften weite Risse im Mauerwerk, die ersten Balken in der Zwischendecke gaben nach und brachen unter lautem Krachen entzwei, Trümmerteile fielen herab auf diejenigen, die diesen Vandalismus in Szene setzten und doch unbeirrt in ihrem zerstörerischen Treiben fortwirkten, ungeachtet auch der zahlreichen, teils doch gravierenden Blessuren, die sie davontrugen. Des Schachtmeisters Abrißbirne zeitigte ruinöse Wirkung im wahrsten Sinne des Wortes, bald waren von Keller und Erdgeschoß nur mehr ein paar Trümmer übrig sowie einige der tragenden Wände. Die Dachkonstruktion schien von einer besonderen Standhaftigkeit zu sein, was den Vorarbeiter mit Ingrimm zu erfüllen schien. Er intonierte den Brunftschrei des schwarzen Brüllaffen und feuerte seine Männer an, den Widerstand des Daches zu brechen.

„Nieder mit dem Dach!"

Zu einer Seite schwebte dieses Dach bereits mit bedenklicher Schlagseite und jeder Stütze beraubt über den unbehelmten Köpfen der Männer, die sich um die doch offensichtliche Gefahr gar nicht scherten und mit hehrem Eifer ihre Preßlufthämmer spucken ließen.

Zaungast spürte, daß die Schatulle jeden Moment endgültig in sich zusammenstürzen würde und wollte sich mit seiner Rolle als Zaungast dieses Mal nicht zufrieden geben. Also näherte sich der Kommissar dem letzten tragenden Pfeiler, der das Gebäude noch vor dem völligen Einsturz zu bewahren schien. Er tat einen gewaltigen Atemzug, so gewaltig, als wolle er das ewige Licht ausblasen, packte diese Luft in einen kurzen, einsilbigen Schrei: „Faust!" und schmetterte dann seine mächtige Faust gegen den widerborstigen Stützpfeiler.

Der Pfeiler hielt stand.

Nicht so die Faust des Kommissars. Zaungast handelte sich blutige Knöchel ein. Zum Glück hatten wenigstens Hand- und Fingerknochen solch barbarischer Beanspruchung standgehalten.

Der Vorerbeiter, der zufällig Zeuge solch brachialen Gewaltakts Kommissar Zaungasts wurde, geriet außer sich. „Rache und Vergeltung!" tobte er unter entsetzlichem Gebrüll, „Rache für die Kommissarsfaust!" Dann traf seine Abrißbirne auf den renitenten Stützpfeiler, der sich diesem Anprall nicht mehr gewachsen fühlte. Damit sah sich die Dachkonstruktion ihrer letzten Stütze beraubt und ließ sich haltlos nach unten fallen, begrub unter sich die Trümmer des Erdgeschosses sowie all die Arbeiter von der paramilitärischen Baustelle, die es versäumt hatten, sich rechtzeitig in Sicherheit zu bringen.

„Erledigt", sagte Zaungast und leckte sich das Blut von den Fingerknöcheln, „aber Herr ... äh ... Polier, ein paar von Ihren Männern scheinen mir verschüttet."

Der Vorarbeiter zuckte nur mit den Achseln.

„Sie sind hart im Nehmen, die Männer, nicht wahr?" ließ Zaungast eine gewisse Besorgnis mit anklingen, die eigentlich völlig untypisch für ihn war.

„Ja, Herr Kommissar", sagte der Schachtmeister.

„Wir sollten dennoch versuchen, die Leute auszugraben", meinte Zaungast. Er schaute zu den Pattfüßen hinüber, die ein wenig abseits standen und tuschelnd miteinander kommunizierten. Gelegentlich ließ sich auch ein Bellen von dort vernehmen. Das war der Sekretär des Zahnreißers, der auf diese Art und Weise seine Meinung kundtat. Die Augen des Kommissars hefteten sich auf den Sekretär, der auf Händen und Füßen lief und seinem Herrn und Meister nicht von der Seite wich.

„Möglicherweise müssen wir den Schnüffler erst gar nicht bemühen", wandte Zaungast sich an den Vorarbeiter, „es kommt nur darauf an, inwieweit die Schnober- und Schnupperkünste dieses Sekretärs seinen sonstigen Köter-Allüren ... äh ... gleichkommen. Verdammte Tat! Wo zum Teufel bleibt die gottverdammte Ambulanz?"

Die Ambulanz ließ sich nirgends blicken; der Sekretär ließ erwartungsgemäß die nötige Kooperationsbereitschaft vermissen und wurde dafür vom Schachtmeister kurzerhand in den Wassern des geheimen Vermutlochs ertränkt, während Kommissar Zaungast seine blutig zerschundenen Knöchel verpflasterte, wozu er sich in der Apotheke des Hannibal Hallmich Verbandsmaterial besorgte. Als er zurückkehrte, waren der Schachtmeister und seine rohen Gesellen schon wieder aktiv und standen gerade im Begriff, das Wohnhaus des Professor Radebrecher in einen ungeordneten Steinhaufen zu verwandeln.

„Wie hoch waren Ihre Verluste, Herr Schachtmeister?" erkundigte sich Zaungast.

„Infinitesimal, Herr Kommissar."

„Das freut mich zu hören."

„Wir machen diese ganze Straße platt, nicht wahr, Herr Kommissar?"

„Ja, und dann säen wir den Samen eines Mauerblüm-
chens aus, den Samen der schwarzen Nelke, der Blume
des Verfalls und des Todes."

Dann ließ der Schrei des schwarzen Brüllaffen die Luft
erzittern, bis zu der aus dicken Quadern zusammenge-
fügten großen Mauer gerieten die Luftmoleküle ins
Schwingen und hauchten zum ersten Mal den Atem der
Vergänglichkeit und des Verfalls gegen die schroffe, ab-
weisende Granitwand.

Elftes Kapitel

Die Kosmopolitenburg des Geheimen Rates Neuntöter

Trutzig und stolz, so als gäbe es weder die Abrißbirne noch die Männer von der paramilitärischen Baustelle noch den Kommissar Zaungast, kratzten die Zinnen der Kosmopolitenburg an den tief daher jagenden Wolken, die an jenem geschichtsträchtigen Tag den Himmel über der Zentralstadt und somit auch den über der Pattstraße verdüsterten.

Ziemlich verdüstert hatte sich auch das Gemüt des Geheimen Rates Neuntöter, der auf dem Dachfirst des größten und höchsten Gebäudes im Burgkomplex über einen zylinderförmigen Kamin gebeugt stand und dort mit Fäden hantierte, die in den Schlot hinabzureichen schienen. Er sah den Kommissar schon von weitem kommen und ein flaues Gefühl igelte sich in seiner Magengrube ein, um dort Bauchweh und ein dumpfes Unbehagen hervor zu stacheln. Drei Schritte hinter dem Kommissar ging der Schachtmeister, der an einer rasselnden Kette eine Abrißbirne hinter sich her schleppte, so gewaltig, so groß, daß es ein Shire-Horse gebraucht hätte, sie zu bewegen. Doch die Kraft des hünenhaften Schachtmeisters reichte beinahe an die Pferdestärke dieses Giganten der Pflugscharen und Kutschwagen heran. Zaungast und sein Adjutant steuerten schnurstracks auf die Kosmopolitenburg zu. Ihre Mienen waren von granitener Härte.

„He, Sie da!" rief Zaungast zum Geheimen Rat Neuntöter hinauf, „was treiben Sie da oben? Beweismaterial im Kamin verschwinden lassen? Das kann Sie und Ihre verdammte Burg teuer zu stehen kommen!"

„Herr Kommissar, ich helfe nur den verirrten Seelen der alpha-centaurischen Weltenbummler, sich in ihrer neuen Heimstatt ein wenig schneller heimisch zu fühlen", erklärte der Geheime Rat.

„Lassen Sie die Seelen der ... äh ... alpha-centaurischen Weltenbummler einstweilen dort im Kamin baumeln und kommen Sie herunter. Ich habe mit Ihnen zu reden."

Der Geheime Rat verknotete die Fäden zu einem wuseligen Gespinst und ließ daraufhin seinen Körper kopfüber in den Kamin gleiten. Wenig später stand er rußgeschwärzt und mit aufgesetztem Lächeln neben Kommissar Zaungast.

„Der ... äh ... Ahasver führte mich selbstlos handelnd geradewegs zum Rast- und Ruheplatz des schlafenden Bataillons, das tagträumend in immer neuen Unförmigkeiten schwelgt, derweil der große ... äh ... Revolutionär unverdrossen seine Handlanger triezt, daß ihnen dabei der Schorf abschilfert", erklärte Zaungast und stieß leicht mit dem Zeigefinger gegen die Brust des etwa einen Meter und achtzig messenden Geheimen Rates.

„Wie meinen Herr Kommissar?"

„Schwamm drüber", sagte Zaungast, vergessen Sie es, aber sagen Sie, beherbergen diese Mauern etwa auch das ... äh ... Nilpferd, den unbekannten, geheimnisvollen Verlarvten vom literarischen Stammeltisch? Beherbergen und schützen diese Mauern vielleicht sogar die gottverdammte Ambulanz?"

„Nein, Herr Kommissar, in meiner Burg gibt es weder ein Nilpferd noch eine Ambulanz. Wohl finden Sie hier eine A ... Allianz, eine Allianz der staunenswertesten interstellaren Kosmopoliten."

„Als da wären?" forschte Zaungast.

„Nun, da wären zunächst einmal die Neunmalklugen, meine ... Sie werden das verstehen, Herr Kommissar, meine erklärten ... äh ... Entschuldigung ... Lieblinge. Ja, ja, die Neunmalklugen", sagte Neuntöter mit verklärtem Gesichtsausdruck, „sie sind polyglott, meine Neunmalklugen, und reden mit neun Zungen in neun mal neun Sprachen. Ihre Muttersprache aber ist das Neundeutsch. Oh, und ihre Talente beschränken sich keineswegs auf das Sprachliche, auch im mathematisch-naturwissenschaftlichen Kosmos sind sie bewandert. Sie verneunen rigoros jegliche Lehrsätze, sämtliche Axiome sowie Beweisführungen der mathematischen Wissenschaften. Und weil sie die Nullen hassen, die immer mehr unsere Welt beherrschen, verabscheuen sie das Dezimalsystem, aus null und nichtig sind sie deshalb bestrebt, neun und richtig zu machen. Neunauge und Neuntöter sind ihnen heilige Tiere. Neun Erkenntnisse sind ihnen lieber als zehn, neunundneunzig lieber als hundert. Neunwertiges ist ihnen wertvoller als Neuwertiges, Neunartigkeit rangiert bei ihnen höher als Einzigartigkeit. Ihre Schriften erscheinen in Neunauflage zunächst in Neundeutsch und werden dann in die neun mal neun Sprachen der neun Zungen übersetzt. Innerhalb meiner Burg erfüllen die Neunmalklugen überdies eine wichtige Disziplinierungs- und Ordnungsfunktion. Sie fungieren quasi als Aufseher im Hochsicherheitstrakt unserer Burg, dort wo die Intelligenzbestien untergebracht sind. Die Neunmalklugen sind nämlich die einzigen, die diese Bestien in Schach halten können, in einer Pattstellung sozusagen."

„Patt in neun Zügen", kommentierte der Kommissar gelangweilt. „Welche anderen Gäste halten sich zur Zeit in Ihrer Burg auf, Herr Unrat?"

Neuntöter reagierte nicht auf Zaungasts Provokation und antwortete: „Da wir gerade bei den Bestien sind, Herr Kommissar, wir beherbergen da noch eine andere Art von Bestien, die D-amputierten, D-naturierten, D-generierten, dafür aber stark übermotivierten und hyperaktiven rohlinge, vormals Drohlinge. Sie sind aber lange nicht so gefährlich wie die Intelligenzbestien. Besonders erwähnenswert sind vielleicht auch noch die Schnorchler. Das sind nomadisch lebende Kosmopoliten der Galaxien und Dimensionen. Sie können dank ihres die Dimensionen über- und durchschnorchelnden Schnorchels in zwei

Galaxien oder auch in vier oder mehr Dimensionen gleichzeitig leben."

„Interessant", meinte Zaungast, ... äh ... sehr interessant."

„Ja, das ist es", bestätigte der Geheime Rat Neuntöter, „die Schnorchler können sich wie ein Taucher, der sich unter Wasser durch seinen Schnorchel Luft verschafft, Kenntnisse von Ereignissen sowie Einblicke in Dinge verschaffen, die sich in anderen Galaxien, Dimensionen oder Zeiten abspielen."

„Dann können diese ... äh ... Schnorchler doch sicher auch in Erfahrung bringen, was sich jenseits der großen Mauer so alles abspielt."

„Vielleicht", meinte Neuntöter ausweichend, „doch auf diese Frage könnten Ihnen vermutlich eher die Desillusionisten Antwort geben."

„Leben welche davon in Ihrer Burg, von den ... äh ... Desillusionisten?"

„Ja, aber Sie werden sie nicht befragen können."

„Warum nicht?"

„Ihr Leben ist flüchtig wie ein Gedanke, kürzer als das einer Eintagsfliege, viel kürzer. Aber dafür reproduzieren sie sich auch in schnellerer Generationenfolge als Eintagsfliegen, schneller sogar als Bakterien, Viren oder Baktekeln."

„Bak ... was?" forschte Zaungast.

„Baktekeln, Herr Kommissar, ebenfalls überaus geschätzte und gern gesehene Gäste unserer Kosmopolitenburg, aber lassen Sie mich zunächst meine Ausführungen zu den Desillusionisten zu Ende bringen. Die Desillusionisten bemerken nicht einmal, daß sie leben. Die ihnen bemessene Zeitspanne ist so extrem kurz, daß ihnen nicht einmal für den Bruchteil einer Sekunde die Illusion gewährt wird, zu leben, zu existieren, sich ihrer selbst bewußt zu werden."

„Ja, ja", murmelte Zaungast, „es sind halt perfekte Desillusionisten. Da muß ich mich wahrscheinlich doch an die Schnorchler halten. Aber sagen Sie, mit was für ... äh

... Untermietern können Sie sonst noch aufwarten, Neuntöterchen?"

„Ah ... die Rülpser, Herr Kommissar; die Rülpser, die sich sprachlich nur artikulieren können, indem und während sie gerade rülpsen. Um also ihre Kommunikationsbereitschaft sicherzustellen, benötigen die Rülpser ständig eine besondere Diät, wozu sie dann noch große Mengen kohlensäurehaltigen Wassers zu sich nehmen; Wasser, das zudem angereichert ist mit den schon von mir erwähnten Baktekeln, einer sehr interessanten Form von Kleinstlebewesen. Rülpser und Baktekeln ergänzen sich wechselseitig und profitieren voneinander. Sie gehen eine nahezu perfekte Symbiose ein."

„Und worin besteht der jeweilige Vorteil in dieser ... äh ... Lebensgemeinschaft?" fragte Zaungast.

„Nun, es verhält sich folgendermaßen, Herr Kommissar. Das Rülpsen der Rülpser hat nicht nur eine digestive und kommunikative, sondern auch eine psycho-hygienische Funktion. Mit Hilfe der Baktekeln machen sie sich allen unbewußten Ärger und Ekel bewußt und können ihn so verarbeiten und schließlich als gedankliche Unverdaulichkeit abrülpsen. Diese abgerülpsten Unverdaulichkeiten werden anschließend wieder von den Baktekeln ... können Sie mir folgen, Herr Kommissar?"

„Äh ... ja doch ... äh ... nein, denn es führt zu nichts, wie mir scheint. Aber Sie erwähnten vorhin die ... äh ... alpha-centaurischen Weltenbummler. Über die hätte ich gern noch nähere Informationen."

„Das sind kosmische Nomaden, Herr Kommissar, außerdem sind es die ersten und bisher einzigen Intelligenzen, die sowohl weiße Zwerge als auch schwarze Löcher besiedeln, das ist auch einer der Gründe, warum sich ihre Seelen bei uns im Kamin so wohl fühlen."

„Neuntöters Kamin als Purgatorium für die Seelen der alpha-centaurischen Weltenbummler", räsonierte Kommissar Zaungast kopfschüttelnd.

„Oh nein", widersprach der Geheime Rat Neuntöter, „verzeihen Sie, Herr Kommissar, wenn ich mich eben nicht deutlich genug ausgedrückt habe. Also das, was ich vorhin im Kamin verknotet habe, das sind lediglich die Nabelschnüre dieser Seelen, ein paar Meter davon sind nämlich sichtbar, von den Nabelschnüren, dann verlieren sie sich ins Unermeßliche und Unsichtbare auf der ewigen Suche nach Wirtskörpern."

„Und die ... äh ... Seelen?" fragte Kommissar Zaungast, „die wollen oder müssen sich also verkörpern, schießen dazu ihre Nabelschnüre ab wie bis ins Unendliche reichende Tentakeln und streifen deswegen als Nomaden durch die Weiten des Alls? Oder wie habe ich das zu verstehen?"

„Ach ja, die Seelen ... die Seelen ...", stotterte Neuntöter und geriet zunehmend in Verwirrung.

„Ja, was nun?" drängte Zaungast.

„Sie sind jenseits des Vorstellbaren, jenseits jeglicher Vorstellung, keiner Phantasie zugänglich."

„Ein Kriminalkommissar kann sich so ziemlich alles vorstellen!" behauptete Zaungast. „Ich kann mir sogar jene alpha-centaurischen Weltenbummler vorstellen, deren ... äh ... Seelen an Nabelschnüren hängen, die in ihrem Kamin baumeln. Und ich kann mir darüber hinaus vorstellen, daß eine Abrißbirne in Ihrem Kamin baumelt und dort hin und her pendeln wird wie eine Glocke in ihrem Campanile, nur daß die Wirkung zweifellos eine andere sein wird."

„Nicht doch, Herr Kommissar, nicht doch", haspelte Neuntöter nervös.

Zaungast ließ einen dumpfen Rülpser aus seiner Kehle aufsteigen, der sogleich ein Echo fand, denn er wurde beantwortet von einem mehrstimmigen Gerülpse, dessen Ursprung hinter einer Fensterfront im zweiten Stockwerk zu liegen schien.

„Aha, dort hausen also die ... äh ... Rülpser", sagte Zaungast, „fragt sich nur, was sie gerade sagen wollten."

Neuntöter antwortete mit einem Achselzucken.

„Kommen Sie, Neuntöterchen, spucken Sie es aus. Wen außerdem beherbergen Sie als Gast in ihren Mauern, wer logiert noch alles hier? Was ist mit den Windhunden und den Strohpuppen? Wenn nicht Ihre Worte, so wird es die Abrißbirne an den Tag bringen."

Zaungast sollte sich in diesem Punkt jedoch getäuscht haben.

„Die Windhunde und die Strohpuppen können wir getrost vergessen, aber die spalanzanischen Fledermäuse, Herr Kommissar", kam Neuntöter mit neuen Informationen heraus, „ja, die sind auch noch hier. Sie kommen allerdings nur als Durchgangsgäste hierher in die Kosmopolitenburg. Sie machen hier regelmäßig Station auf ihrem alljährlichen Pilgerzug zum Grab Spalanzanis, eines italienischen Anatomen, der diese geheimnisvollen Wesen als erster entdeckt und beschrieben hat. Die spalanzanischen Fledermäuse verfügen über Fähigkeiten und Kräfte, die weit über das hinausgehen, was Lebewesen, ob nun Mensch, Tier oder Pflanze, normalerweise zu Gebote steht. Sie können sogar ihre Gestalt wechseln. Mal erscheinen sie in der Gestalt einer Fledermaus, mal erscheinen sie in Menschengestalt."

„Wie steht es um deren ... äh ... kriminalistischen Fähigkeiten?" fragte Zaungast.

„Ah, Herr Kommissar, den spalanzanischen Fledermäusen entgeht nichts, es bleibt ihnen nichts verborgen, ihre hyperempfindlichen Sensoren orten kriminelle Energie bereits im gerade in der Entwicklung befindlichen Gehirn eines menschlichen Fötus, sogar noch in dem eingetrockneten Nervengewebe einer Jahrtausende alten Mumie. Und was ich noch zu erwähnen vergaß, Herr Kommissar, neben ihrer alljährlichen Wallfahrt zum Grab Spalanzanis pilgern diese Fledermäuse auch ans Grab des Dichters E. TH. A. Hoffmann, ihres Stammvaters, und auch auf dieser Reise legen sie einen Zwischenstopp ein in unserer Kosmopolitenburg. Hoffmann war einer von ihnen, ihr Patriarch sozusagen, mit einem Sensorium ausgestattet, verborgene okkulte Dinge aufzuspüren."

„Ich möchte, daß diese spalanzanischen Fledermäuse für mich arbeiten, Neuntöterchen. Versuchsweise", sagte Zaungast, „ich möchte herausfinden, ob sie tatsächlich ... äh ... polizeidiensttauglich sind."

Dem Geheimen Rat Neuntöter schien dieses Ansinnen des Kommissars Unbehagen zu verursachen. Verlegen suchte er nach Worten. Zaungast befreite ihn aus dem Dilemma, indem er ihm eine weitere Frage stellte.

„Spielte dieser Hoffmann auch mal eine Rolle beim literarischen Stammeltisch des Doktor Radebrecher?"

„Oh ja, manchmal war er sogar persönlich dort anwesend."

„Wie, ein ... äh ... Toter erschien zum literarischen Stammeltisch?" wunderte sich Zaungast.

„Ja, Hoffmann tauchte dort mal als Fledermaus auf, mal als Ratte, ein anderes Mal als Nilpferd ... Verzeihung ... Flußpferd."

Zaungast war ganz Ohr.

„Eines Tages", fuhr Neuntöter fort, „da hat er den Spalanzani mitgebracht."

„Hoffmann den ... äh ... Spalanzani?"

„Ja."

„Wird es ... äh ... möglich sein, daß auch ich die Bekanntschaft dieser beiden Herren mache?"

„Ich fürchte nein, Herr Kommissar."

„Warum nicht?"

„Ja ... nein ... ich weiß nicht ..." stammelte der Geheime Rat Neuntöter.

„Egal, wie dem auch sei", winkte Zaungast verächtlich ab, ich habe jetzt genug gehört und möchte Ihre illustre Gesellschaft nun auch mal persönlich in Augenschein nehmen."

Neuntöter wußte vor Verlegenheit weder ein noch aus.

Kommissar Zaungast aber steuerte schnurstracks die Burg an, aufgeregt hängte sich der Geheime Rat an den Rockschoß des Kriminalen, und auch der Schachtmeister schloß sich an.

„Nein, nicht dort, Herr Kommissar, hier entlang bitte", haspelte Neuntöter dienstbeflissen. Nachdem sie einige Korridore durchschritten hatten, traten die drei Männer in einen großen Spiegelsaal.

„Das ganze Gesocks in Ihrer Burg besitzt keine polizeiliche Aufenthaltsgenehmigung!" krakeelte Zaungast plötzlich los, „da ist es nur recht und billig, wenn die Abrißbirne ..."

Dem Kommissar blieb der Mund offen stehen, ohne daß auch nur noch ein einziges weiteres Wörtchen hinausschlüpfte.

Ein Stoß von diluvialer Urgewalt hatte die Mauern der Kosmopolitenburg erfaßt und ließ den Verputz von Decken und Wänden rieseln. Wie aus dem Nichts und ohne jegliche Vorwarnung hatte sich dieser Rülpser aus dem Erdinnern Bahn gebrochen und rüttelte wie mit einer Gigantenfaust die altehrwürdigen Mauern aus ihrem seit Jahrhunderten währenden Traum von der Unbezwingbarkeit.

Zaungast riß ein Streichholz an und zeichnete eine Flammenschrift in die Luft. Das verkohlte Hölzchen halste er sich sodann ein, um es zu verspeisen.

„Die Konterrevolution", erklärte der Kommissar ganz gelassen, während seinem Mund ein feines Rauchfähnlein entschwebte. „Der ... äh ... Konterrevolutionär wider die neolithische Revolution hat seine Fanfaren ... seinen ... äh ... Erdstoß ..."

Die Beredsamkeit der Zerstörung ließ Zaungasts ins Stottern geratene Beredsamkeit in einem wüsten Gerumpel untergehen. Bücher kippten aus ihren Regalen, Bilder wurden aus ihrer Aufhängung gerissen und unterwarfen sich den unerbittlichen Gesetzen der Schwerkraft; Spiegel, Gläser und Porzellan unterstellten sich samt ihrer Formschönheit einem nicht weniger unerbittlichen Scherbengericht; ein großer schwerer Kronleuchter schickte noch ein letztes, fruchtloses SOS-Gebimmel in den Äther, bevor seine majestätische Ganzheit auf dem harten Parkettboden kapitulierte, um sich fortan dem Partikularismus zu verschreiben.

„Nichts wie raus hier!" brüllte Zaungast tapfer gegen den immer stärker aufbrandenden Lärm an.

Auch der Schachtmeister erhob seine Stimme zum für ihn schon obligatorisch gewordenen Affengebrüll, dieses Mal aber mehr zornig als brunftig, sah dieses Urbild des Vandalen sich doch um seine schönsten Trümmerfrüchte gebracht, denn ihm war augenblicklich klar geworden, daß die Kosmopolitenburg von einem heftigen Erdstoß erschüttert wurde, stark genug, den ganzen Komplex der totalen Verwüstung anheimzustellen. Aber was half schon Lamentieren, jetzt galt es zunächst einmal, die eigene Haut zu retten, sich möglichst schnell außer Reichweite der einstürzenden Mauern zu bringen.

In buchstäblich letzter Sekunde schafften es die drei Herren ins Freie. Die Mauern der Kosmopolitenburg aber hatten ihren Traum von der Unbezwingbarkeit ausgeträumt. Binnen weniger Minuten verwandelten sie sich in einen Haufen Bauschutt. Der Erdstoß hatte auch all die übrigen Gebäude, die links und rechts die Pattstraße säumten und von der Abrißbirne bisher verschont geblieben waren, in Trümmerhaufen verwandelt. Dem Schachtmeister traten die Tränen in die Augen, doch schon bald brach sich ein tröstlicher Sonnenstrahl in den bitter salzigen Tränen der Enttäuschung, denn die große, himmelanragende Mauer hatte dem Beben standgehalten. Unverrückt und scheinbar unbeschädigt kam sie nun hinter den sich langsam verziehenden Staubwolken zum Vorschein; gewaltiger, drohender und trutziger denn je.

„Verdammte Tat, das Monstrum steht noch!" staunte Kommissar Zaungast. Ja, das steinerne Monster stand tatsächlich noch. Und auch der Rest der großen Zentralstadt stand noch aufrecht und unversehrt, wie sich hinterher herausstellen sollte. Nicht ein Gebäude war beschädigt oder gar zerstört worden. Nur die Pattstraße, diese ehemalige Enklave der Ruhe und Beschaulichkeit, die war nicht mehr, die war platt gemacht. Und mit hängenden Köpfen versammelten sich die Pattfüße inmitten der Trümmer ihrer Straße. Nach einer allgemeinen Gedenk- und Schweigeminute zogen sie dann stumm und in unbekannter Richtung davon, weder der Kommissar noch der Schachtmeister schickten dem pattfüßigen Trauerzug noch einen Blick hinterher. Aber wo zum Teufel waren die Kosmopoliten? Waren sie unter den Trümmern begraben worden oder hatten sie die Burg rechtzeitig verlassen können? Und wo war Neuntöter? Auch der hatte sich anscheinend klammheimlich aus dem Staub gemacht. Hatte er sich den Pattfüßen angeschlossen oder war er bei seinen Kosmopoliten?

„Herr Schachtmeister", sagte Zaungast, „wie beurteilen Sie die ... äh ... Aussichten, in diesem Trümmerfeld eventuell Verschüttete aufzuspüren und zu bergen?"

„Denkbar schlecht, Herr Kommissar."

„Ja, das fürchte ich auch", äußerte Kommissar Zaungast mit einem Seufzer der Enttäuschung. Nicht, daß er sich Sorgen um das Wohlergehen von Menschen oder Kosmopoliten gemacht hätte, die vielleicht unter dem Trümmerhaufen begraben lagen und auf Hilfe warteten, aber er erhoffte sich von einigen der Kosmopoliten Hinweise oder Aufschlüsse über das, was jenseits der großen Mauer war, namentlich durch die spalanzanischen Fledermäuse hoffte der Kommissar, zu neuen, verwertbaren Erkenntnissen zu kommen.

„Herr Kommissar", wurde er vom Schachtmeister angesprochen.

„Ja, bitte?"

„Was das Beben nicht geschafft hat, das wird meine Birne schaffen ... da bin ich mir ganz sicher, Herr Kommissar."

„So sei es, Herr Polier", sprach Kommissar Zaungast.

Ein Rülpsen von jenseits der Mauer, schwach, unterdrückt und gedämpft, aber doch klar als Rülpser zu klassifizieren, nahm die Aufmerksamkeit der beiden Männer augenblicklich gefangen. Beide hatten es gehört.

Zaungast und sein Schachtmeister sahen sich an und nickten wie zur gegenseitigen Bestätigung.

Schwer ließ sich die untergehende Sonne hinter die große Mauer sacken, als sei sie der Bürde ihres Brennens und Scheinens müde und überdrüssig geworden. Etwas wie Weltuntergangsstimmung legte sich bleischwer auf die Pattstraße, und es schien angesichts der Zerstörungen mehr als fraglich, ob diese Straße noch einmal zu einem neuen Leben erwachen würde. Und ein Frost kroch aus den Schatten der Mauer heraus, der die Menschen – sogar Kommissar Zaungast und den Schachtmeister –eisig ans Herz faßte. Die Mauer selbst verlor nach und nach ihre Konturen an die Dunkelheit und zerfloß endlich in Schwärze.

Zwölftes Kapitel

Kommissar Zaungast

Kommissar Zaungast vertiefte sich in das Geheime Vermutloch und in die Werke des Dichters E. T. A. Hoffmann. Wie ein vergeistigtes Bad, das permanent Gedanken ausschwitzt, wirkte der neunstündige Aufenthalt des Kommissars im Geheimen Vermutloch. Hoffmanns Erzählungen wirkten mehr auf Zaungasts Phantasie ein, und sie erst waren in der Lage, die Vermutungen, die vom Grunde des Geheimen Vermutlochs aufstiegen, in die geraden, logischen Bahnen kriminalistisch-detektivischer Schlußfolgerungen zu leiten. Zaungast entsann sich zunächst des Sandmanns, Hoffmanns Sandmanns wie auch seines eigenen Sandmanns, des Schachtmeisters, der durch das Anlegen des Geheimen Vermutlochs gar noch zum Wassermann geworden war. Hoffmann ... Sandmann ... Wassermann. „Und nun stellen wir die verwaschene apokryphe Quaternität her, ohne die die Trinität nicht watscheln kann. Hoffmann ... Sandmann ... Wassermann ... Blödmann", sprach Zaungast zu sich selber. Er gedachte der deformierten Werkzeuge, die ein unbekannter Attentäter bei seinem perfiden, hinterhältigen Anschlag auf die paramilitärische Baustelle hinterlassen hatte. Da hatte nach Zaungasts Meinung der Konterrevolutionär seine Hand im Spiel. Der Konterrevolutionär wider die neolithische Revolution. Fast allen Anwohnern der Pattstraße hatte der Kommissar seine Aufwartung gemacht, nur einen hatte er ausgespart, den Wagner Abraham Schindelholz, obwohl der Schindelholz Mitglied des literarischen Stammeltisches war. Warum Zaungast das unterlassen hatte, wußte er selber nicht. Und der

Freidenker vom literarischen Stammeltisch, der die fest-
gefügte Autorität der großen Mauer untergraben wollte,
der war tatsächlich Abraham Schindelholz. Merkwürdig?
Wohl kaum. Verdächtig? Vielleicht. Doch woher wußte
Zaungast? Das Geheime Vermutloch brachte es an den
Tag. Dann entsann sich Kommissar Zaungast der drei
Medien. Waren es spalanzanische Fledermäuse? Und
der als Nilpferd Vermummte ... war es am Ende Hoffmann höchstpersönlich? Und die drei Strohpuppen ...
handelte es sich dabei eventuell um Elaborate aus der
Werkstatt des Professor Spalanzani? Könnte es sein,
daß der Puppenspieler Pankratius Pisspoppen identisch
ist mit dem großen Spalanzani? Die Sitzung der Stammelrunde, der Zaungast beigewohnt hatte, sie hatte Goethes Faust zum Thema gehabt, aber nichts Hoffmanes-
kes. Und die Beiträge der Stammeltischler bezogen sich
vielfach auf die große Mauer, manches aber schien sich
auf ... Kaiser auf der Wurst zu beziehen. Zaungast hatte
alles mitangehört, hatte an der Tür gelauscht, noch bevor
er ungebeten in die Runde geplatzt war. Immer wieder
dieser Kaiser, dachte Zaungast, und dann die Gestalt-
und Formlosigkeit, was wiederum ein klarer Fingerzeig in
Richtung des gesuchten Konterrevolutionärs war. Der
Kommissar selbst hatte am literarischen Stammeltisch
einen Kaiser zur Sprache gebracht, sowie vierzig, dreißig
und zwanzig Salzsieder. Doch am Ende waren es ihrer
nur noch zehn ... zehn Salzsieder unter einem Trompetenbaum. Irgendwie belanglos – dachte Zaungast – und
trotzdem ... Was wußte oder was weiß dieser Zahnreißer, dieser Rotermund? Nichts. Der Kommissar hatte
ihm ja gehörig auf den Zahn gefühlt, leider war dies aber
kein Weisheitszahn gewesen. Sozusagen. Gewiß hegte
Zaungast auch den Verdacht, daß es sich beim hündi-
schen Sekretär des Zahnreißers in Wirklichkeit um den
Fenriswolf handelte, aber das änderte nichts am Wis-
sensdefizit des Zahnreißers in ermittlungsrelevanter Hinsicht. Grundsätzlich nicht. Aber? Ja, aber der Patient des
Zahnreißers, der Bauarbeiter mit dem Schaum in den

Mundwinkeln, Judasschaum, verräterisch. Aber wer nun tatsächlich der Judas ist, das hatte er dem Kommissar dann doch nicht verraten. Und wen wollte oder hatte nun seinerseits der Judas verraten? Den Konterrevolutionär wider die neolithische Revolution? Oder den Fortschritt und den Fortschrittsglauben? Das Gefährliche daran war zweifellos, daß dieser große Konterrevolutionär sich nun auch schon medialen Stoffes bemächtigte und nicht mehr ausschließlich der unbeseelten Materie. Ja, er versuchte ganz offenbar, Gedanken, die der Fortschritt uniform gemacht hatte, unförmig zu machen. Wie hatte doch das Medium gesprochen? ‚Das Oppossum trat auf den Bovist, hatte sich sein eigen Fell bepißt, sehnte schon den Tod herbei, den Mörtel und das Kuckucksei.' Welch verborgener Sinn steckte hinter solch abstrusen Versen? Sogar das Geheime Vermutloch schwieg dazu. ‚Es gibt keine Mauer, nur die Illusion der Mauer', hatte der Zahnreißer gesagt. Hatte er recht damit? Nein, die Illusion ist Mauer wie die Mauer Illusion ist. Also gibt es sie auch. Tropfstein, stetig tropfender Tropfstein zerstört Mauern und Illusionen, Professor Sigismund Tropfstein zerstörte Gehirne, dachte Zaungast. Menschenhirne, Vogelhirne und so weiter. Was besagte die Namensähnlichkeit zwischen dem von der schrecklichen Mary Piss ermordeten Wellensittich Zilpzilipzilopzilip und dem Vasallenzwerg Zoppzifoppzilopp? Besagte sie überhaupt irgendetwas? Vielleicht. Vielleicht auch nicht. Die angelegentliche Auswertung des Schnipselmosaiks hatte Zaungast schließlich als wenig aufschlußreich und nicht aussagekräftig verworfen, ebenso wie den Inhalt der Karteikästen des Zahnreißers. Der Kommissar hatte die Karteikarten zerrissen, sie mit seinen Mosaikschnipseln vermengt und den anfallenden Papiersalat sodann der geheiligten Mutter der Schablonen geopfert. Was zum Teufel hatte es mit diesem Mistelzweig auf sich? Warum war die Ambulanz nicht erschienen, als er sich seinen Magen in den Mund gestopft hatte? Welche Rolle spielte der Kundschafter Ammerkamp, der undurchsichtige Glasermeister? Auch das fragte sich Zaungast und mußte einräumen, daß er keinen Schimmer hatte. Gehörte Ammerkamp wie auch Mistelzweig und Zornelia von Vasall zur Bande der Grabräuber und Monstrositätensammler? Wenn die Bande denn überhaupt existierte und nicht eine Phantasiegeburt des Pankratius Pisspoppen war. Schwanz und die anderen Kollegen waren dem Hinweis mit der nötigen Akribie nachgegangen, hatten jedoch nichts in Erfahrung bringen können. Wer steckte hinter den Aussagen von Pisspoppens Puppen, Pisspoppen selber oder ein anderer, so ein verdammter Gedankensouffleur? Falls tatsächlich ein anderer aus Pisspoppens Bauch gesprochen hatte, wer zum Teufel könnte dies sein? Professor Radebrecher? Oder vielleicht der Geheime Rat Neuntöter? Und war der Puppenspieler tatsächlich Handlanger des verbrecherischen Tropfstein? Seine Stalagtiten-Finger legten dem Kommissar diese Vermutung nahe. Plötzlich entsann sich Zaungast eines höchst seltsamen Dutzends, das er in der Werkstatt des Puppenmachers vorgefunden hatte; zwölf unfertige, entfernt an Puppenleiber erinnernde Gebilde, die trotz ihrer Ungefügigkeit einen geradezu unheimlich wirkenden, fertigen Eindruck gemacht hatten, zwölf hölzerne Apostel der Unförmigkeit. Zaungast ärgerte sich im Nachhinein, daß er die zwölf nicht auf der Stelle mitgenommen hatte. Nun war es zu spät. Er, der Kommissar selbst war es ja gewesen, der die Pattstraße planiert hatte, somit auch Spuren getilgt und ... was ihm noch übler aufstieß, auch Form getilgt hatte ... war er somit nicht selbst zum Handlanger des Großen Unförmigen geworden, des Kreuzritters wider die Schablonen, des großen Konterrevolutionärs wider die neolithische Revolution? Schaudernd wandte Kommissar Zaungast seine Gedanken von diesem unerquicklichen Thema ab. Der Brief aus China, der an den Geheimen Rat Neuntöter gerichtet war ... neun Augen hatten Zaungast vom Briefkopf aus angesehen, darunter standen die ihm unverständlichen chinesischen Schriftzeichen, deren spätere Übersetzung aber leider nicht auf irgendeine verwunschene Fährte geführt hatte, sondern lediglich auf alltägliche Belanglosigkeiten. Was aber bedeuteten die Tagebuchaufzeichnungen des Großmeisters der Hortikultur? Ein weiteres Rätsel, das es zu lösen galt, wie überhaupt dieser ganze Fall sich aus lauter Rätseln zusammenzusetzen schien, gewiß der verzwickteste, komplizierteste Fall, den Kommissar Zaungast jemals zu lösen hatte. Einzig und allein der Zinngießer Mondamin Halemeier hatte sich kooperativ gezeigt und den Kommissar mit Informationen über die Vasallen-Dynastie versorgt. Zum Beispiel mit Informationen über Malefizia mit ihren neun Leben. Zaungast vermutete, daß es sich bei Malefizia von Vasall und der Jahrhunderte alten Augurin Futuria Prophetissa um ein und dieselbe Person handelte. Zaungast dachte noch einmal nach über die konzinntrierte Karikatur, die er dem Zinngießer vorgeschlagen hatte und über deren Möglichkeiten zu einer effektiveren Verbrechensbekämpfung. In diesem Fall jedoch würde sie ihm kaum von Nutzen sein können. Der Kommissar erinnerte sich, daß die häßliche Tamara, Vertraute und Ehefrau des Alchimisten Hannibal Hallmich, ihm von einer weiteren Prophetissa gesprochen hatte, von Maria Prophetissa und dem alchimistischen Prozeß der Vereinigung von Gegensätzlichem. Des weiteren hatte sie angedeutet, hinter der großen Mauer hause der serpens mercurii, das sich selbst erzeugende und zerstörende Schlangenmonster. Vielleicht aber lauerte dort auch die neunköpfige Hydra höchstpersönlich, oder die neunäugige. Neunauge. Überall tauchte die verfluchte Neun auf. Neunauge, Neuntöter, die Neunmalklugen aus der Kosmopolitenburg, die zur 666 verkehrte 999 des wahnsinnigen Aleister Crowley und ... und ... und. Und was wollte der Alchimist Hannibal ihm, dem Kommissar, mitteilen, als die monströse Zunge diesen Versuch abrupt erstickte? „Der Se ... der Se ..." hatte der Mann noch herausbringen können. Zaungast überlegte, der Se ... Se ... Sekretär? Aber der war ja vom Vorarbeiter im geheimen Vermutloch ersäuft worden.

Ebenfalls umgekommen waren die letzten noch lebenden Vertreter der Vasallen-Sippschaft, Zaungast hatte die Vasallen ausgelöscht. Na ja, da war ja noch Vieh-du-Kind, der angeblich spuken gegangen war. Unsterblich sollte er sein, was Zaungast aber nicht glaubte. Tatsache war jedoch, daß er auf geheimnisvolle Art und Weise verschwunden war. Wohin? Hatte er sich dem Konterrevolutionär wider die neolithische Revolution angeschlossen? War er in den Hofstaat Kaiser auf der Wursts eingetreten? Homunculus oder Major? Oder beide? Oder keiner von beiden? Gab es diesen geheimnisvollen Däumling überhaupt? Zaungast erhoffte sich Aufschluß über diese Frage in der großen Ratsversammlung der Pattfüße, der er gut verkleidet inkognito beigewohnt hatte. Doch leider fand seine Wißbegier nur wenig Nahrung in dieser Versammlungsrunde. Interessant war immerhin der Hinweis auf den Nebel, der einem verwunschenen Brunnen entsteigt. Wußte da jemand mehr, als er zugeben wollte? Dann hatte sich der Kommissar seiner Verkleidung entledigt und war an der Spitze seiner paramilitärischen Truppe noch einmal in die Schatulle getreten. Ja, sie hatten die Schatulle plattgemacht. Die ganze Straße hatten sie plattgemacht. Jetzt stand nur noch die große Mauer am Ende der Pattstraße. Sie hatte sogar dem Beben widerstanden, daß die gewaltige Kosmopolitenburg in Schutt und Asche gelegt hatte. Durch dieses Unglück waren die Neunmalklugen und viele andere Kosmopoliten heimatlos geworden. Aber können Kosmopoliten überhaupt heimatlos werden? Zaungast erinnerte sich an seinen Rülpser und das Echo darauf hinter den Fenstern der Kosmopolitenburg. Und dann war ja noch ein verspätetes Echo hinzugekommen, ein schreckliches Gerülpse aus dem Erdinnern. Hatte er, Zaungast, dieses ausgelöst? Es schien vermessen, im Ernst daran zu glauben, doch der Kommissar war vermessen genug, genau dies zu glauben, er dachte sogar daran, mit einer ähnlichen Aktion der großen Mauer zu Leibe zu rücken. Wie stand es nun um die Polizeidiensttauglichkeit der spalanzanischen Fledermäuse? Könnten sich eventuell durch diese Wesen neue Perspektiven in der Verbrechensbekämpfung eröffnen? Zaungast hoffte immer noch, sich dieser seltsamen Wesen habhaft machen zu können, doch bedauerlicherweise waren sie abgetaucht wie das gesamte Kosmopolitenpack. Wohin, zum Teufel, hatten sich diese Kosmopoliten verkrümelt? Hinter die große Mauer? Der Geheime Rat Neuntöter hatte tunlichst vermeiden wollen, daß Kommissar Zaungast einen seiner kosmopolitischen Gäste zu Gesicht bekam. Warum? Kannte Neuntöter den Konterrevolutionär wider die neolithische Revolution? Stand er vielleicht sogar in persönlichem Kontakt mit ihm? Kaiser auf der Wurst und seine zwölf Apostel, Faust eins und zwei, Tropfstein, Neunauge und wie sie alle hießen, das waren doch alles nur Handlanger des großen Konterrevolutionärs. So glaubte wenigstens Kommissar Zaungast.

Zaungast bereitete sich innerlich vor auf eine große Konfrontation sowohl persönlicher als auch allgemein kollektiv menschlicher Art mit dem gesuchten Konterrevolutionär. Ein untrüglicher Instinkt sagte ihm, daß er die Mauer überwinden werde, nur auf welche Art dies geschehen würde, das verschwieg der Instinkt dem Kommissar. Und der Rest an Form, den diese Straße, die Pattstraße, sich noch bewahrt hatte in Gestalt der großen Mauer, der würde auch noch vergehen in Unförmigkeit. Dann aber hätte er über alle triumphiert, auch über ihn, den Kommissar. Dann hätte der Große Unförmige, in dem Kommissar Zaungast den Konterrevolutionär vermutete, den Sieg davongetragen. Und Zaungast würde sich ihm anschließen müssen in Kumpanei oder in Knechtschaft, aber war das nicht längst schon geschehen, tief in seinem unbewußten Inneren? Gehörte er nicht selbst schon zu den Handlangern des Großen Unförmigen, ebenso wie der Schachtmeister? Was hatten sie nicht alles bereits vernichtet an Formen, im bisherigen Verlauf ihrer Ermittlungen! Aber worin sollte dann diese letzte noch ausstehende Konfrontation überhaupt bestehen? Kommissar Zaungast beschloß, die Nacht vor der zu erwartenden Entscheidung – welcher Entscheidung eigentlich? – im geheimen Vermutloch zu verbringen. Dann glaubte er sich mit allen Wassern gewaschen und für den morgigen Tag gut gewappnet für den Sturm auf die große Mauer. Der Rülpser, den er und sein Schachtmeister nach dem großen Beben von jenseits der Mauer gehört hatten, war ihm Aufforderung und Herausforderung genug, dieses Mal alles zu wagen.

Zaungast holte tief Luft. Dann tauchte er in das geheime Vermutloch ab.

Dreizehntes Kapitel

Der Sturm auf die große Mauer

Der teilweise zu Asbest-, Ziegel-, Mörtel- und Betonstaub pulverisierte Bauschutt waberte gleich einem Nebelmeer über den Trümmern der Pattstraße. Zielorientiert schien sich die Staubfahne in Richtung großer Mauer fortzubewegen, so als wolle sie jemandem den Weg weisen, ihn ermutigen, seinen Pionier- und Forschergeist anstacheln, um endlich dem Geheimnis des steinernen, himmelanragenden Ungetüms auf seinen dunklen Grund zu kommen.

Und dieser Jemand war Kommissar Zaungast. Eskortiert wurde er vom Schachtmeister des paramilitärischen Bautrupps, dem Schachgroßmeister Pit Pattmann sowie von drei Zirkuselefanten, die von Zaungast mit Wassern aus dem geheimen Vermutloch auf die Namen Jericho1, Jericho2 sowie Jericho3 getauft worden waren. Die Rüssel der Dickhäuter bezeichnete Zaungast nach Durchführung seines denkwürdigen Taufexperimentes als die Posaunen von Jericho und sprach ihnen, gleich ihren alttestamentarischen Prototypen, das Vermögen und die Kraft zu, Mauern einstürzen zu lassen.

Mühsam mußte sich die kleine, aus drei Menschen und drei Elefanten bestehende Streitmacht, einen Weg durch die Ruinenlandschaft der Pattstraße bahnen. Die dort ehemals ansässigen Pattfüße hatten ihre Straße längst aufgegeben und verlassen, genau so die Kosmopoliten ihre Kosmopolitenburg, obwohl unter den Bauarbeitern das Gerücht ging, die Kosmopoliten hätten mitsamt ihrem einstigen Gastgeber, dem Geheimen Rat Neuntöter, hinter der großen Mauer um Asyl nachgesucht, welches ihnen dort auch sogleich gewährt worden sei. Gigantisch und dem Augenschein nach unbezwingbar ragte dieses von Geheimnissen umwitterte Bauwerk nun vor den drei Elefantenführern und ihren Tieren in seiner ganzen Überdimensionalität gen Himmel.

Kommissar Zaungast übertrug die Befehlsgewalt seiner Gedanken auf das neuronale Netzwerk der Dickhäuter und forderte sie auf, die mauerbrechende, steinerweichende Tongewalt ihrer Posaunenstöße zu Nutzen und Frommen seiner Ermittlungen in Anwendung zu bringen.

Fanfarenstöße von umwerfender Gewalt machten daraufhin die Luft erzittern ... nicht jedoch die große Mauer. Sie stand trutzig und unbeeindruckt. Der Kommissar gab seinen Elefanten Kreide zu fressen und einen Schluck von Plutos marantischer Ambrosia aus der Hexenküche des Alchimisten zum Nachspülen, dann noch etwas Brechweinstein, um die überschüssige Wirkung zu neutralisieren. Danach wiederholte Zaungast seinen suggestiven Befehl.

Es tat sich nichts. Im Gegenteil, Plutos marantische Ambrosia schien den Tieren Schweigen auferlegt zu haben.

Auf einen Wink des Kommissars hin versetzte der Schachtmeister seine Abrißbirne in sanfte Schwingungen. Nach drei, vier, fünf raschen Körperdrehungen in Hammerwerfer-Manier ließ der hünenhafte Schachtmeister die Abrißbirne gegen die große Mauer krachen. Er hätte genauso gut einen Kirschkern spucken können, denn die Wirkung wäre vermutlich eine ähnliche gewesen. Unerschütterlich stand das Mauerwerk in seiner ganzen unbezwingbaren Großartigkeit.

Zaungast holte noch ein Stück Kreide aus seiner Hosentasche und zeichnete damit die Umrisse einer Tür an die große Mauer, während der Schachtmeister gesenkten Blickes in die Hocke gegangen war und schwer an seinem Fehlschlag knabberte.

„Es ist doch vielleicht vorteilhafter, wenn wir eine gewisse Form wahren", sagte Kommissar Zaungast. „Bitte, Herr Pattmann, klopfen Sie doch mal an diese Tür hier."

Pit Pattmann streifte sich den rechten Schuh vom Fuß und klopfte mit der Schuhsohle gegen Zaungasts imaginäre Tür.

„Aufmachen, bitte", sagte er schüchtern, ohne daß jemand seiner Aufforderung Folge leistete. „Vermesse dich, die Pforten aufzureißen, an denen jeder gern vorüber schleicht", zitierte er dann aus Faust 2 und richtete beschwörende Blicke an den Kommissar.

„Ich bitte um Ihre Stellungnahme, Herr Großmeister Pattmann", richtete Zaungast das Wort an den Schachstrategen.

„Die Stellung ist festgefahren. Ich würde sagen, eine klassische Pattsituation, Herr Kommissar."

„Welchen Zug empfehlen Sie als nächsten, Großmeister?"

„Den Rückzug", erklärte Pattmann.

„Kommt nicht in Frage", meinte Kommissar Zaungast, ich meinerseits schlage ein Bauernopfer vor."

„Welchen Bauern möchten Sie opfern, Herr Kommissar?"

„Sie!" entschied Zaungast, indem sein dicker Zeigefinger sich tief in Pattmanns Bauchnabel bohrte. Zaungast spürte förmlich, wie die makulaturhafte Festigkeit von Pattmanns zur Schau getragener Unbefangenheitsfassade abzuschilfern begann.

Pattmann wich vor dem Kommissar zurück.

„Wo sind deine Pickel, Pickel-Pit?" fragte Zaungast bohrend. „Die Unreinheit deiner Haut war mir seit jeher Offenbarung der Liederlichkeit deiner Gedanken, du gewiefter Schurke. Ich wußte gar nicht, daß Joey Rotta die Polypenarme des organisierten Verbrechens bis in die Pattstraße hineintentakelt. Wo also sind deine Pickel, Pickel-Pit? Welch erstaunliche Tinktur hat der alchimistische Quacksalber dir verabreicht, um dieses kosmetische Wunder herbeizuführen? Aber du siehst, daß man den Kommissar Zaungast nicht hinters ... äh ... Licht führen kann."

„Ich erkläre, gelobe und gestehe Ihnen alles, Herr Kommissar, ich opfere Ihnen notfalls sogar den König, wenn Sie mir im Gegenzug dieses Bauernopfer ersparen könnten."

„Ich will mehr als nur den König!" verlangte Zaungast schroff, „ich will den Kaiser, nicht Caesar, nicht Wilhelm, auch nicht Napoleon, und Kaiser Franz ebenso wenig wie den ... äh ... Kaiser von China. Ich will Kaiser auf der Wurst!"

„Seit wann jagen Sie Phantomen hinterher, Herr Kommissar?"

„Schweifen Sie nicht ab und kooperieren Sie besser mit mir, ansonsten können Sie sich im Knast Hämorrhoiden ansitzen, Pickel Pit Pattmann, dann haben Sie die Pickel am Arsch."

„Glauben Sie mir, Herr Kommissar, ich weiß nichts von Kaiser auf der Wurst, ich kenne diesen Namen lediglich aus der Zeitung, aber das liegt ja schon Jahre zurück."

„Was tut ein Handlanger Joey Rottas hier in der Pattstraße? Warum erfahre ich erst heute, daß Sie hier Ihren Wohnsitz haben? Welcher Pattfuß hat Ihnen Unterschlupf gewährt hier im ... äh ... Schatten der großen Mauer?"

„Abraham Schindelholz", versetzte Großmeister Pattmann alias Pickel-Pit kleinlaut.

„Der Wagner also. Wie hatte Schindelholz ehedem noch zitiert?" Zaungast überlegte. „Laßt hier mich nicht vergeblich leiern, nur der ist froh, der geben mag", fiel es ihm dann wieder ein. Abraham Schindelholz hatte also doch etwas zu geben gehabt, den Erzganoven und angeblichen Schach-Großmeister Pickel Pit Pattmann.

„Wie soll es nun weitergehen, Herr Kommissar?" erkundigte sich Pattmann vorsichtig.

„Kopfarbeit", sagte Zaungast, „nur durch Kopfarbeit kann diese Mauer überwunden werden", dann versank er in einem verschwiegenen Stupor trappistischer Einkehr und Zurückgezogenheit.

Der Schachtmeister, der die letzten Worte des Kommissars mit angehört hatte, nahm dessen Aufforderung, Kopfarbeit zu leisten, im allzu wörtlichen Sinne. Stiernackig, mit gespreizten Beinen, stand er in den Startlöchern des Verderbens, er stieß den Brunftschrei des Schwarzen Brüllaffen aus, dann spurtete er los und rammte seinen Dickschädel gegen die große Mauer. Der Mann blieb regungslos auf der Strecke. Tot.

Die drei Elefanten hatten nun wohl die verkehrte Wirkung von Plutos marantischer Ambrosia verpuffen lassen, sie fanden ihre Sprache wieder und begannen plötzlich und unverhofft, zu trompeten, ein schauriges, kakophonisches Halali auf den toten Vorarbeiter.

„Was ist das?" wunderte sich Zaungast und starrte gebannt auf einen bestimmten Punkt an der großen Mauer, nachdem das Getöse der Elefanten ihn aus seinem Stupor gerissen hatte. „Schau einmal dorthin, Pickel-Pit. Was siehst du da?"

„Da ist ein Riß in der verdammten Mauer", staunte nun auch Pit Pattmann.

„Jawohl", sagte Zaungast, dem die Entdeckerfreude aus den Augen funkelte, das ist wirklich und wahrhaftig ein Riß, ein Riß in eindeutig richtungsweisender Pfeilform. Ein gefiederter Pfeil, dazu ausersehen, einer trägen, unbefiederten Phantasie zum Fluge zu verhelfen. Herr Schachtmeister, sehen Sie, wohin der Pfeil deutet?"

Der Schachtmeister konnte nicht sehen. Seine Augen waren zwar starr auf den Riß in der Mauer gerichtet, aber es waren tote Augen.

„Ich habe es gesagt, allein durch Kopfarbeit bezwingen wir die Mauer", posaunte Zaungast triumphierend heraus. „Ob nun seine oder meine Kopfarbeit maßgeblich für den ... äh ... Erfolg war, das sei nun einmal dahingestellt." Zaungast versuchte, durch den Riß in der Mauer zu spähen.

„Können Sie etwas sehen, Herr Kommissar?" erkundigte sich Pattmann vorsichtig.

„Da ist nichts", meinte Zaungast enttäuscht. Er klemmte seine dicken Finger in den Riß und zu seinem übergroßen Erstaunen ließ sich nun die große Mauer wie eine Schiebetür nach beiden Seiten auseinander schieben. Zaungast trat durch den Spalt hindurch und befand sich plötzlich auf der anderen Seite der Wirklichkeit. Und da war tatsächlich nichts. Ödnis und Leere waren da, eine Wüstenei der Nichtigkeit. Und der Wind, der hohl durch diese Leere fegte, der flüsterte dem Kommissar tolldreiste Märchen ins Ohr. Zaungast pfiff auf den Wind und seine märchenhaften Einflüsterungen, denn er hatte nun doch eine Entdeckung gemacht. Inmitten der ganzen Ödnis und Leere befand sich eine senkenartige Vertiefung. Zaungast spähte dort hinein. Neben sich gewahrte er plötzlich einen Schatten. Und er sah, daß Pit Pattman an seine Seite getreten war.

„Hm ... sieht aus wie ein Brunnen", sagte Pattmann.

„Stimmt!" bestätigte der Kommissar, „das ist ein Brunnen, der Brunzbrunnen für dämmerungsaktive Hominiden, Strohpuppen, Halma-Männchen, Kosmopoliten und ... äh ... Zaungäste. Und deshalb werde ich gleich da hinabsteigen, in diesen Brunnen."

„Oh, tun Sie das nicht, Herr Kommissar!"

„Warum nicht?"

„Vermesse dich, die Pforten aufzureißen, an denen jeder gern vorüberschleicht", sprach Großmeister Pattmann noch einmal beschwörend.

Zaungast schlug Pattmanns Rat in den Wind und stapfte entschlossen die Senke hinab, direkt auf den vermeintlichen Brunnen zu. Als er ihn erreicht hatte, stand Großmeister Pattmann schon wieder jenseits der Mauer und suchte vergeblich nach dem Riß, der ihm und dem Kommissar Durchlaß gewährt hatte. Die Mauer hatte sich wieder geschlossen, war abweisend und undurchlässig wie eh und je.

„Sind wir ihn endlich los, den entsetzlichen Kommissar", sprach Pickel Pit mit leisem Frohlocken in der Stimme vor sich hin und vermochte es doch nicht so recht zu glauben. Dieser Zaungast würde es sogar mit dem Teufel aufnehmen, wenn der Kerl nicht sowieso schon einen Pakt mit dem Satan eingegangen war, was zu vermuten stand.

Kommissar Zaungast aber stand am Rande des Brunnens und starrte in den gähnenden Abgrund, der sich dort auftat. Sprossen, die es erlaubt hätten, in den Brunnen hinabzusteigen, waren augenscheinlich nicht vorhanden, auch Leitern oder Seile konnte er nirgends entdecken. Zaungast holte tief Luft, um nach dem Fahrstuhl zu rufen, als ein schauriges Blöken die Brunnenwand hinaufhallte, und dieses Blöken hatte etwas auffordernd Befehlendes an sich. Kommissar Zaungast verstand diesen Befehl. Und Kommissar Zaungast glaubte, eine Antwort darauf geben zu müssen, also versuchte er, es dem Schachtmeister gleich zu tun, er stieß einen Schrei aus, den Brunftschrei des Schwarzen Brüllaffen. Dann sprang er, ohne die Ankunft des Fahrstuhls oder eines Paternosters abzuwarten, in die Tiefe; er glaubte auch, dessen nicht zu bedürfen, ja, er brauchte weder den Aufzug noch ein spirituelles Paternoster. Und während der Kommissar kopfüber in schwärzeste Tiefe sauste, hallte noch immer sein Geschrei durch die Finsternis der endlos scheinenden, vertikalen Röhre. In einem vielstimmigen Echo dröhnte sein eigenes Geschrei dem Kommissar in den Ohren. Irgendwann im Laufe des Fluges verlor Zaungast das Bewußtsein. Sein Körper aber fiel in rasantem Tempo weiter. Ging es bis zum Mittelpunkt der Erde? Oder ging es gar in die Hölle?

Er kam zu sich. In psychoider Tiefe fand er sich wieder, fand er den Schlüssel zu seinem Innersten, den Schlüssel zur Mythologie, den Schlüssel zum Unbewußten, in dessen Orkus er nun hinabgetaucht war. Er sah sich dem Doktor Faust gegenüber und glaubte, er schaue in einen Spiegel. Er sah sich Professor Tropfstein gegenüber und glaubte wiederum, er habe lediglich ein Spiegelbild vor sich. Er sah sich dem Geheimen Rat Neuntöter gegenüber, der ihn aus neun Augen anstarrte, und glaubte, er schaue selbst mit den neun Augen in einen Spiegel hinein. Er sah sich schließlich Kaiser auf der Wurst gegenüber und fühlte, wie dessen Eimer schmerzhaft auf seine Schläfen drückte. Doch vergeblich hielt er Ausschau nach dem großen Konterrevolutionär wider die neolithische Revolution, dem Meister der Formlosigkeit. Zaungast rief sich eine fast vergessen geglaubte Beschwörungsformel ins Gedächtnis zurück.

„Mutter der Schablonen ... in lethargischem Wahnsinn Befangene ... vom Großen Unförmigen geküßt ... wie aus tausendjährigem Schlaf erweckt ... in den hysterischen Wahnsinn ... schreiend hineingestolpert!" deklamierte er mit ekstatischer Inbrunst.

Da sah sich Zaungast plötzlich dem Großen Unförmigen gegenüber, dem großen Konterrevolutionär wider die neolithische Revolution, dem großen Konterrevolter gegen alles und jedes. Doch der Kommissar erkannte ihn nicht. Zaungast hatte bisher einen vagen Begriff gehabt von dem, was Formlosigkeit oder Unförmigkeit vielleicht darstellen oder nicht darstellen konnten. Aber das, was ihm hier von Angesicht zu Angesicht gegenüber getreten war?! Das war nicht nur Unförmigkeit, das war Unförmigkeit, Unkenntlichkeit und Unmöglichkeit in einem. Zaungasts Angesicht wurde zu einem Verschiebebahnhof von Gesichtszügen. Die Neugier, der Zweifel, Glaube und Unglaube, Furcht, Staunen, Ergötzen, Abscheu und Bewunderung, die Erleuchtung und ihr Zwillingsbruder, der Wahnsinn, sie alle rangierten dort auf und ab und kreuz und quer und fanden doch nur das Abstellgleis, die Pattstraße. Patt in allen Zügen. Ein Pattmann diesseits der Mauer, ein Pattmann jenseits der Mauer, jeder auf seine Art ein Pattmann ... und ein Zaungast. Der Kommissar fühlte, wie er in den Sog eines verderblichen Strudels geriet, der ihn in die Tiefen des Wahnsinns reißen wollte.

Kommissar Zaungast sprach noch einmal die Beschwörungsformel:

„Mutter der Schablonen ... in lethargischem Wahnsinn Befangene ... vom Großen Unförmigen geküßt ... wie aus tausendjährigem Schlaf erweckt ... in den hysterischen Wahnsinn ... schreiend hineingestolpert ...“

Er fand sich unversehens im geheimen Vermutloch wieder, jedenfalls glaubte er dies, denn er erkannte ein paar Arbeiter von der paramilitärischen Baustelle, die im Halbkreis um das geheime Vermutloch standen und ihm offenbar Beifall spendeten. Grölend, klatschend und stampfend führten sie einen Freudenveitstanz auf.

„Es lebe der Kommissar!“ schrieen sie. „Er lebt, er lebt! Hurra, er lebt!“

„Verdammte Tat! Wo bin ich hier? Was ist denn das für eine Straße?“ fragte Kommissar Zaungast noch ein wenig orientierungslos.

„Das ist die Pattstraße, Herr Kommissar.“

„Das ist nicht die Pattstraße, die ich kannte“, erklärte Zaungast.

„Tag, Chef“, hörte er eine bekannte Stimme hinter sich. Zaungast wandte sich um.

„Schwanz ... Sie hier?“ staunte er.

„Ja, die Bauarbeiter, die Sie bereits für ... ähäm ... Entschuldigung ... für tot erklärt hatten, die haben mich verständigt.“

„Herr Kommissar“, nahm nun einer der Arbeiter das Wort, „Sie waren immerhin vierundzwanzig Stunden unter Wasser, ohne ein einziges Mal aufzutauchen. Das ist stark rekordverdächtig.“

Zaungast interessierte sich im Moment wenig für seinen staunenswerten Rekord. Er hatte ganz andere Dinge im Kopf. „Wo ist die Mauer?“ fragte er.

„Welche Mauer?“ bekam er zur Antwort.

„Habe ich das Monstrum überwunden?“ fragte Zaungast zweifelnd. „Wo ist die Kosmopolitenburg, vielmehr ihre ... äh ... noch verbliebene Ruine? Wo sind die Überreste der Vasallenburg, wo sind all die anderen Trümmer?"

Niemand schien den Kommissar zu verstehen.

„Ich schlage vor, Chef, wir gehen jetzt rüber in die Schatulle und genehmigen uns dort erst einmal ein Bier, das sorgt für einen klaren Kopf, Chef", sagte Herr Schwanz.

„Die Schatulle ... äh ... nein, sie steht noch", sprach Zaungast verwundert, „und auch sonst ... äh ... erstaunlich, eine schmucke kleine Straße, diese Pattstraße."

„Herr Kommissar, im Bauwagen liegt noch ein Blaumann vom Schachtmeister, der könnte Ihnen passen, dann sind Sie wenigstens in trockenen Kleidern", wandte sich ein fürsorglicher Bauarbeiter an den Kommissar.

„Ja, danke", sagte Zaungast, „doch wo ist er, der Schachtmeister? Ich vermisse ihn."

„Wir vermissen ihn auch. Er ist seit gestern früh verschwunden."

„Seltsamer und seltsamer", meinte Zaungast und entstieg endlich dem geheimen Vermutloch. Er entledigte sich seiner nassen Klamotten und schlüpfte in den Blaumann des Schachtmeisters. Dann ging er hinüber in die Schatulle. Das Interieur der kleinen Kneipe stimmte mit Zaungasts erinnerten Vorstellungen perfekt überein, nur der Schankwirt, der war ihm unbekannt. Am Tresen saßen einige Pattfüße, Zaungast kannte keinen von ihnen. Es entspann sich eine lebhafte Unterhaltung, in deren Verlauf Zaungast immer mehr an seinem Verstand zweifeln mußte, denn niemand konnte sich an die große Mauer erinnern, niemand an die Kosmopolitenburg, niemand an die Vasallen-Familie und auch nicht an die alchimistische Apotheke, und von einem Professor Radebrecher wollte auch niemand etwas gehört haben.

„Tropfstein oder sein Kaiser auf der Wurst hat euch allen eine Gehirnwäsche verordnet", schnaubte Zaungast ärgerlich.

Als dann Herr Schwanz auch noch mit allem Nachdruck behauptete, den Namen ‚Kaiser auf der Wurst' noch niemals gehört zu haben, geriet der Kommissar außer sich. Schwanz suchte ihn zu beschwichtigen.

„Kein Problem, Chef", sagte er, wahrscheinlich haben Sie lediglich Inhalte Ihres Unbewußten personifiziert, um sich auf diese Weise deren Einfluß zu entziehen."

„Sie wollen damit sagen, Schwanz", entgegnete Zaungast ganz ruhig, „daß es Kaiser auf der Wurst nie gegeben hat, daß er eine Chimäre ist, er und all die anderen in seinem Gefolge? Ich halte dem Folgendes entgegen: Formlosigkeit und Namenlosigkeit sind zwei Facetten der ... äh ... gleichen ... aber Schwanz, schauen Sie doch einmal dort zum Fenster hinaus." Zaungasts Stimme hatte plötzlich einen versöhnlichen Klang angenommen.

Herr Schwanz trat ans Fenster heran und sah, wie draußen vor der Schatulle eine Gruppe von Kindern vorbeimarschierte. Eines der Kinder, ein schon etwas älterer Junge, trug einen Eimer auf dem Kopf. Er marschierte vorneweg und schien der Anführer der kleinen Schar zu sein. Die anderen Kinder sangen offenbar irgendeinen sich ständig wiederholenden Refrain. Schwanz öffnete das Fenster und rief hinaus: „Hallo Kinder, was spielt ihr denn da für ein verrücktes Spiel?"

„Wir spielen Kaiser auf der Wurst", antwortete ein kleines Mädchen, worauf die ganze Kinderschar in ein lautes, rhythmisches Geschrei ausbrach: „Kaiser auf der Wurst! Kaiser auf der Wurst!"

„Verdammte Tat! Ruhe hier!" schrie Zaungast zum Fenster hinaus.

Der Junge mit dem Eimer sah den Kommissar am Fenster stehen und bewegte sich sogleich unter lauter devoten Bücklingen auf ihn zu. Dann überreichte er Kommissar Zaungast den Eimer. „Da ... Herr ...", sagte er, „Eure Kaiserkrone ... nehmt ... denn ich bin ihrer nicht würdig ..."

Zaungast nahm die Groteskbekrönung entgegen und setzte sie sich aufs Haupt.

Augenblicklich fielen alle im Raum Anwesenden, Herr Schwanz eingeschlossen, und auch die Kinder draußen in ein hemmungsloses Geschrei ein. „Kaiser auf der Wurst! Kaiser auf der Wurst!" dröhnte und brandete es durch die Pattstraße.

Bis zum Mittelpunkt der Erde drang dieses Geschrei, da, wo der Große Unförmige, der Gegenspieler des Demiurgen, seine Pläne schmiedete, um das Wunder der Schöpfung wieder ungeschehen zu machen.

‚Ob wir nun im Grabe verfaulen oder im Ofen zu Asche verbrennen ... Formloses behält am Ende die Oberhand', dachte Zaungast bei sich.

Und aus seiner plutonischen Tiefe schickte der Große Unförmige einen Rülpser an die Erdoberfläche, der sich dort oben als Erdstoß Bahn brach, der zwar keine größeren materiellen Schäden anrichtete, aber ein psychisches Nachbeben auslöste bei denen, die Zeuge dessen geworden waren.

Und während um ihn herum weiterhin die schaurigen „Kaiser auf der Wurst" Rufe hypnotisch unheimlich hallten, da wurde es Zaungast bewußt, daß der große Konterrevolutionär wider die neolithische Revolution durch seinen Vasallen und Messias Kaiser auf der Wurst die Individualität der Menschen auslöschen wollte, um dann in einem späteren Anlauf vielleicht auch noch jegliche Individualität und Form auszulöschen.

„Und dieses Mal akzeptiere ich die Rolle des Judas bereitwillig!" brüllte Zaungast in einem aberwitzigen Forte. Und endlich entledigte er sich des Eimers und schleuderte ihn weit von sich.

Augenblicklich verstummten die „Kaiser auf der Wurst" Rufe, so, als hätte ein Dirigent mit seinem Taktstock den Schreienden Einhalt geboten.

Dann sah Kommissar Zaungast, wie eine rotierende Staubwolke, eine Windhose aus unzähligen Staubpartikeln, den Eimer erfaßte und scheppernd durch die Pattstraße trieb, bis er weder zu sehen noch mehr zu hören war. Die Staubwolke, die allerdings nur für Kommissar Zaungast sichtbar war, sie hatte eine fixe Identität, und auch diese offenbarte sich nun dem Kommissar Zaungast. Es war der links rechts drehend pirouettierende Prophet, der Hüter der Individualität, der Meister, Schöpfer und Bewahrer der Unterscheidbarkeit von Formen und Ideen. Er ist es, der den Spin des Elektrons aufrecht hält, ohne den alle materielle Form in Formlosigkeit zergehen müßte. Physikalisch betrachtet. Diese Erkenntnis grub sich wurzeltief in Zaungasts Bewußtsein. Und Kommissar Zaungast ging noch einen entscheidenden Schritt weiter. Zaungast hängte dem Spin ein Zwillings-n an, um seine Wirkungsweise auf die geistige Ebene zu übertragen, denn er wußte schon lange, wer da in aller Heimlichkeit und manchmal sogar brutal offen die spirituelle Welt regierte. Aber diese endgültige finale Erkenntnis behielt der Kommissar wohlweislich für sich.

Zaungasts Ermittlungen in der Pattstraße waren damit abgeschlossen. Patt und aus ... und Ende.

ENDE

Weitere Bücher von Werner Fletcher:

Zaungast und der Kosmokrator
ISBN 3-8311-1621-0

Zaungast jagt Kaiser auf der Wurst
ISBN 3-8311-2323-3

Zaungast und der heilige Strohsack
ISBN 3-902400-54-4

Fletcher's Kleines Wirtschaftsbestiarum
ISBN 3-902400-42-0
Erweiterte Neuauflage in Vorbereitung

Fletcher's Zynisches Wörterbuch
Oder Zaungarstige Gedanken
ISBN 3-902400-73-0

Fletcher's satirisches Fußballdiktionär
ISBN-10: 3-9502265-0-8
ISBN-13: 978-3-9502265-0-8